Bettine Reichelt Tendenz steigend

Bettine Reichelt, 1967 im Vogtland geboren, aufgewachsen in Jocketa, studierte von 1986 bis 1992 Theologie in Leipzig. Nach Abschluss des Studiums und Vikariat war sie zunächst als Pfarrerin in der Nähe von Leipzig tätig. Ab dem Jahr 2000 arbeitete sie als Lektorin und wirkte in verschiedenen Kirchgemeinden als Gemeindepädagogin. Seit 2003 lebt und arbeitet Bettine Reichelt als freiberufliche Autorin und Lektorin in Leipzig. *Tendenz steigend* ist ihr erster Kriminalroman.

Bettine Reichelt

Tendenz steigend

Ein Chemnitz-Krimi

Bild und Heimat

ISBN 978-3-95958-018-2

1. Auflage
© 2015 by BEBUG mbH / Bild und Heimat, Berlin
Umschlaggestaltung: fuxbux, Berlin
Umschlagabbildung: © photocase, steffne
Druck und Bindung: GGP Media GmbH, Pößneck

Ein Verlagsverzeichnis schicken wir Ihnen gern:
BEBUG mbH / Verlag Bild und Heimat
Alexanderstr. 1
10178 Berlin
Tel. 030 / 206 109 – 0

www.bild-und-heimat.de

Inhalt

Moritz aus Sachsen	7
Hans im Glück	22
Moritz vs. Hans	36
Hans und Moritz	52
Polina	85
Polina mit den Schwefelhölzchen	96
Ruslan, der Held, und Polina	124
Epilog	142

Moritz aus Sachsen

Dienstag, 30. Juni

I

Hähnchen und Haxen von Moritz aus Sachsen, Hähnchen und Haxen von Moritz aus Sachsen. Kommen Sie ran. Für fünfzehn Euro mache ich Ihnen die Tüte voll. Knackwurst, frisch auf den Tisch, ist besser als Fisch. Dem Aal-Manfred von nebenan würde ich eh nicht trauen. Und mit Wurst im Keller gedeihen die Kaninchen schneller.

Ach, es war immer das Gleiche: Wenn er nach Chemnitz kam, regnete es. Und heute regnete es nicht nur, nein, es schüttete, als hätte da oben jemand eine Badewanne wütend umgeworfen. Ach, was! Eine Badewanne? Mindestens zehn oder hundert mussten das sein. Und er war mal wieder in Chemnitz. Wie er diese Stadt hasste ...

Ja, einmal, einmal, da war er gern hierher gefahren. Das waren noch ganz andere Zeiten gewesen, damals. Oh, was hatte er die Stadt geliebt. Den Roten Turm, den Küchwald und sogar den

Nischel. Geküsst hatte er den Nischel damals. Heimlich seine Lippen auf den Karl-Marx-Kopf gedrückt. Nur heimlich. In Zeiten des Glücks ist man eben ein bisschen verrückt.

Aber jetzt? Es goss in Strömen, und er hatte keine Aussicht, die Nacht in einem vorgewärmten Bett zu verbringen. Nicht mehr. Und der Verkauf war lausig. Außerdem waren nur Idioten unterwegs. Jedenfalls die meisten. Gut, ich nehme es zurück, dachte Moritz, die hier, die hat was.

Was darf's denn sein, mein Reh. Bei Regen ist die Wurst kein Schaden. Sie hilft, das Leben zu ertragen. Fünfzehn Euro die Tüte. Und Sie bekommen alles, was Sie brauchen. Echte ungarische Salami, dazu eine Knackwurst mit Kümmel und eine mit Knoblauch. Aber immer schön gemeinsam essen. Immer schön gemeinsam. Sonst wird das Leben einsam.

Etwas Gehacktes dazu. Heute so frisch wie gestern ... Und für Sie noch Lachsschinken vom Feinsten. Und dann noch Lende, frisch geräuchert. Mein Herz, das ist doch was, oder? Könnte ich mich glatt selbst bei Ihnen einladen.

Das macht dann fünfzehn Euro, mein Reh.

Trotzdem: Chemnitz war einfach zum Ausreißen finster heute. Aber es gab Sonnenstrahlen im Regen. Wie die hier. Mann, Mann, Mann, die sollten sie nur mit Bodyguard auf die Straße lassen.

Das Wechselgeld. Einen wunderbaren Tag, die Dame.

Was für eine geile Schnitte. Bah. So was in Chemnitz wieder – und alles wäre wie damals. Moritz blickte der Frau sehnsüchtig hinterher. Diese Frau ... Wie damals! Sie sah wirklich aus wie ... Aber die Schnitten, nein, lass es, Moritz, die Schnitten haben ihren Preis. Und wer den nicht zahlen will ... Das hast du doch erlebt.

Aber wie die geht. Und die Hüften. Damals ...

Allein schon der Schwung ihrer Hüften machte Moritz halb

wahnsinnig. Er hätte jetzt stundenlang in den Regen schauen können und hätte ihren Gang noch einmal vor sich gesehen. Aber die Leute warteten nur ungern im Regen. Ein Mann stand am Wagen. Eine Frau trat hinzu.

Fünfzehn Euro für die Tüte mit Hähnchen und Haxen, gibt's nur bei eurem Moritz aus Sachsen.

Männer interessierten Moritz nicht. Aber in diesem Moment wäre es besser gewesen, wenn, ja, wenn sein Interesse etwas größer gewesen wäre. Aber Moritz aus Sachsen schaute über den Mann hinweg. Der Fremde verschwand in der Regenwand. Neben ihm ging eine Frau. Zu unscheinbar für Moritz. Außerdem war nicht ganz klar, ob sie nicht vielleicht doch zu diesem Typen gehörte. Von Frauen, die mit Männern auftauchten, ganz egal aus welchem Grund, hielt sich Moritz fern. Aus Prinzip.

Fünfzehn Euro für Hähnchen und Haxen, gibt's nur bei eurem Moritz aus Sachsen. Ich fülle Ihnen die Tüte mit lauter Lust und Güte. Da braucht's dann keine alten Hüte – wie bei Nudelfritzen nebenan, der auch nicht kann. Meine Damen, Sie verstehen?

Moritz stand mitten im Wagen, redete ins Mikro. Unablässig. Wie alle Tage.

Ein blasser Typ mit teigigen Fingern reichte ihm das Geld über die Verkaufstheke. Auffällig unauffällig gekleidet. Beruf? Öler. Bestimmt, dachte Moritz, der zockt die Leute in der Bahn ab. Straßenbahnüberwachungsamt. Genau so sah der aus. Wie ein Kontrolleur.

Fünfzehn Euro für Fleisch und Wurst, nebenan gibt's noch was für euren Durst. Bei diesem Wetter kann das nicht schaden, meine Lieben. Kommen Sie ran. Kommen Sie ran. Mit Hähnchen und Haxen kommen Sie quer durch Sachsen. Und Moritz hilft Ihnen dabei. Und wenn's noch eine schöne Thüringer Roster sein darf. Dann gibt's auch eine Stippvisite ins Nachbarland.

Das tägliche Gedränge blieb aus. Schon am Morgen hatte es eine Unwetterwarnung gegeben. Und tatsächlich schienen die Wetterfrösche recht zu haben. Kaum ein Mensch war auf der Straße. Auch die Nachbarstände blieben weitgehend leer. Langeweile machte sich breit. Man hatte zu viel Zeit zum Denken.

Der Nächste ist mein letzter Kunde, sagte sich Moritz immer wieder. Der nächste.

Moritz musste einige Zeit auf den nächsten warten.

Er entschied: Der jetzt. Dann ist Schluss für heute. Vier Uhr. Feierabend!

Moritz begann aufzuräumen, verschloss die Waren in der Kühlung, säuberte die Flächen und zog das Verdeck zu. Seine Beine schienen ihm vereist, obwohl doch Sommer war, und die Schuhe konnte man auswringen. Bei jedem Schritt schmatzte das Wasser unter seinen Fußsohlen. Dabei hatte er die ganze Zeit unter dem relativ sicheren Dach gestanden, den Heizer an den Füßen. Die kurze Zeit im Regen beim Räumen hatte genügt, ihn völlig durchzuweichen.

Es war vier. Und hätte ihm jemand gesagt, dies sei der Weltuntergang, er hätte es ohne mit der Wimper zu zucken geglaubt. Es goss noch immer in Strömen. Zeit, sich auf den Weg in die Unterkunft zu begeben, solange man noch einigermaßen sicher sein konnte, dass die Straße offen war.

II

Das Wasser stieg. Sie fühlte es. Bis vor wenigen Minuten hatte sie kaum mit den Füßen darin gestanden. Jetzt spürte sie die Wellen schon am Fußgelenk. Aber es machte ihr keine Angst. Sie war bis auf die Haut durchnässt. Das Wasser floss ihr den Rücken hinunter. Es war unwichtig. In der Hand hielt sie einen

Plastikbeutel. Sie klammerte sich daran fest, als könnte ihr das Halt geben.

III

Zu dumm, dass sie Moritz ausgerechnet jetzt den Führerschein abgenommen hatten. Moritz ärgerte sich über sich selbst. In einer Woche hatte er Urlaub. Aber bis dahin waren noch ein paar Tage. Musste es ausgerechnet in dieser Zeit so unglaublich schütten? Wie blöd musste man auch sein, um sich erwischen zu lassen. Vier Wochen Spaziergang wegen überhöhter Geschwindigkeit. Und dann auf Tour. Und jetzt im Regen nach Hause.

Dass die Markersdorfer Straße bei Regen betroffen sein würde, hatten die Leute aus dem Haus Moritz erzählt. Da sollte ja schon das Wasser stehen, wenn es noch gar kein Wasser gab. Jedenfalls nicht wirklich viel Wasser. Die Frage war nur: War es jetzt bereits so weit? Und würde die Fahrtstrecke seiner Straßenbahn betroffen sein? Moritz hatte keine Lust, jemanden danach zu fragen.

Sollte er lieber laufen oder mit der Bahn fahren? Die ganze Strecke zu Fuß kam natürlich nicht in Frage. Nicht bei diesem Wetter.

Vom Roten Turm ins Fritz-Heckert-Gebiet waren es kaum fünfzehn Minuten Fahrt. Aber wenn sie die Bahn umleiten würden? Dann hieß es doch laufen. Oder einen Bus nehmen, mit Umleitung. Eingepfercht zwischen lauter tropfnassen Menschen. Und dann laufen. Wenn auch nicht so weit. Aber eine gewisse Strecke im Regen hätte er auf jeden Fall vor sich.

Man sollte die Stadt verlassen und einen besseren Ort für den Verkauf suchen. Aber er war hier gebucht. Und hätte ja dann nur wieder jemanden für den Truck gebraucht.

Also gut, Bahn bis zur Robert-Siewert-Straße, wie es auf dem

Zettel stand, zwei Stationen nach der Markersdorfer, dann den kleinen Berg hochlaufen und in sein Zimmer bei der Kirchgemeinde. Es war genial, dass er diesen Tipp bekommen hatte. Das Zimmer war einfach, die Kochgelegenheit im Flur – und Toilette und Dusche auch über den Flur erreichbar. Alles war sauber, und preisgünstig war es auch. Wenn nicht gerade jemand auf dem Klavier nebenan hämmerte, war es geradezu genial dort. Das Geklimper musste man halt in Kauf nehmen. Meist waren die Nachbarn eh nicht da. Es ließ sich alles ertragen.

Moritz bummelte durch die Passage und hoffte im Stillen, dass der Regen nachließ. Er kaufte ein paar Zeitschriften, eine Zeitung. Was gab es Besseres, als die Zeit hier im Bett zu verbringen? Schlafen, lesen. Den Kühlschrank hatte er schon gestern gefüllt. Notfalls waren es bis zum Laden nur ein paar Schritte. Endlich einmal Zeit, um Zeitung zu lesen. Moritz liebte das. Man musste nicht viel verstehen, und es war vollkommen in Ordnung, alles sofort wieder zu vergessen.

An der Zentralhaltestelle stieg er in die Bahn. Sie zuckelte durch den Regen. Moritz setzte sich auf einen Platz am Fenster.

Obwohl es so früh war, hatte man die Straßenbeleuchtung bereits angeschaltet. Auch in der Bahn gingen flackernd die Neonröhren an. Weltuntergangsstimmung. Jeder wollte nur noch eins: möglichst schnell nach Hause. So trocken wie irgend möglich. Kaum einer redete. Die Handys schwiegen. Nur wenige Jugendliche versuchten zu chatten. Es schien aber nicht zu funktionieren. Einige begannen sich lauthals über die Unfähigkeit der Anbieter aufzuregen.

Moritz nahm sein Handy aus der Tasche und schaute nach der Zeit. Beinahe fünf. Der Akku war fast leer. Und der Empfang schlecht. Also darum maulte die Jugend. Es gab kein Netz.

Der Ordnung halber stülpte sich Moritz beim Aussteigen die Kapuze über den Kopf. Über die Straße, vorbei am Edeka und dann den kleinen Berg hinaufsteigen, vorbei an den Wohnblöcken in sein kleines Paradies der Ruhe mit Baum und Vogel vorm Fenster. Die Vögel hatten sich heute verkrochen. Und der Baum würde auch nur schweigend seine langen Äste im Wind schaukeln lassen.

Moritz freute sich auf trockene Kleidung, eine heiße Dusche, sein Bier und die Zeitung. Er kramte den Schlüssel aus der Innentasche, stieg die Treppe hoch und verschwand in seinem Zimmer. Kleidung fallen lassen, Schuhe vor die Tür, ab unter die Dusche. Auf dem Rückweg dann Essen und Bier aus dem Kühlschrank fassen.

Mist, er hatte die Zeitschriften in der Innentasche stecken lassen. Na, klasse, wenn sie jetzt nass waren wie alles, dann konnte er den gemütlichen Abend vergessen.

Aber Moritz hatte Glück. Die Innentasche war vergleichsweise trocken geblieben. Die Zeitung also noch lesbar. Er legte sie auf den Nachttisch am Fenster. Dann öffnete er die Flasche, trank einen Schluck, stellte sie neben die Zeitung und warf sich aufs Bett.

Vom steigenden Wasserpegel war noch nicht viel zu lesen. Ein paar allgemeine Informationen. Er fand einen Hinweis, sich per SMS über die aktuelle Hochwassersituation informieren zu lassen. Aber war das nicht übertrieben? Natürlich regnete es fürchterlich, und man hatte aus Sicherheitsgründen begonnen, die Bahnen umzuleiten. Aber das Hochwasser in Grimma, das war wirklich eine Katastrophe gewesen. Damit konnte man das hier ja wohl nicht vergleichen.

Im Regionalteil fand Moritz einen Bericht über die Arbeit der Stadtverwaltung. Eine Fotowerbeserie mit Artikel. Er wollte schon weiterblättern, als sein Blick auf eins der Bilder fiel. Da war sie. Die schönste Frau des heutigen Tages war Sachbearbeiterin bei der Stadtverwaltung. Interessant!

Moritz schaute sich die Bilder genauer an. Der Artikel war Teil einer Serie. Diese stellte die Stadtverwaltung vor. In diesem

Fall führte Frau Katja, wie sie im Artikel genannt wurde, durch die verschiedenen Abteilungen. Vermutlich wollte die Stadtverwaltung junge Männer einstellen. Oder warum ließ man einen Fotografen eine solche Serie machen?

Oder sie hatte Erfahrung damit. Vielleicht posierte sie ja öfter? Dann konnte man sie sicher auch irgendwo im Netz finden. Ein Model aus der Stadtverwaltung. Hätte er den Leuten da gar nicht zugetraut. Irgendwie war Verwaltung für Moritz vor allem mit Staub, Arbeit am Rechner und Langeweile verbunden.

Vielleicht war das ja ein Fingerzeig? Vielleicht sollte er es noch einmal mit Chemnitz versuchen? Einmal hatte ihm die Stadt schon Glück gebracht. Was war, konnte wieder sein. Geschichte wiederholte sich nicht, aber eine neue Geschichte wäre möglich.

Aber er würde nach der Frau suchen müssen. Zu dumm, dass es kein Netz gab. Dann funktionierte sein Stick nicht. Und einen normalen Internetanschluss hatte er in diesem Zimmer nicht. Wäre er doch in eine richtige Pension gegangen! Moritz war wütend auf sich. Das Sparen brachte kein Glück. Genau genommen stand es seinem Glück sogar im Wege.

Allerdings waren solche Frauen wie diese Sachbearbeiterin entweder in festen Händen oder sie hatten einen Schaden. Schöne Frauen, die verrückt waren, kannte Moritz zur Genüge. Das musste man sich überlegen.

Mit Sicherheit hatte aber der Fotograf eine Macke. Der nannte sich Hans im Glück. Künstler. Solche Typen hatte Moritz noch nie verstanden. Aber egal. Er hatte sie fotografiert. Vielleicht könnte der ja einen Kontakt zu ihr herstellen.

Moritz riss den Artikel aus der Zeitung und legte ihn auf den kleinen Schreibtisch an der Wand. Da war sie.

Mittwoch, 1. Juli

I

Es regnete die ganze Nacht. Das Wasser stieg. Von Stunde zu Stunde wurde die Lage schwieriger. Die Feuerwehr war rund um die Uhr im Einsatz.

Kurz nach Mitternacht stellte man den Straßenbahnbetrieb ein. Für den gesamten Bereich Mittelsachsen bestand Katastrophenwarnung. Für die Chemnitz und die Zwönitz sogar Warnstufe 4. Der Pleißenbach und der Kappelbach traten in der Nacht ebenfalls über die Ufer.

Moritz ahnte davon nichts. Er schlief tief und fest. Erst als er am Morgen das Radio anschaltete, hörte er von der dramatischen Verschlechterung der Situation. Überall wurden Helfer gesucht. Die Schule fiel aus. Nicht nur in Chemnitz, sondern auch im Erzgebirgskreis und im Vogtland. Vor zwölf Uhr sei keinesfalls mit einer Besserung zu rechnen.

Moritz überlegte, was zu tun sei. Er hing hier fest, keine Frage. Auf jeden Fall musste er mit der Zentrale Kontakt aufnehmen. Und er musste auch am Wagen nach dem Rechten sehen. Vielleicht war es dann gut, irgendwo mitzuhelfen, Säcke zu stapeln, Sand einzufüllen? Falls denn Hilfe gebraucht wurde.

Auf jeden Fall veränderte es die Pläne für die nächsten Tage. Es gab viel zu tun. Das Bild auf seinem Schreibtisch hatte er fast vergessen. Aber es lag noch da.

II

Der Regen ließ nach und hörte schließlich ganz auf. Die Luft war warm und feucht. Ein unangenehmer Geruch lag in der Luft. Moritz lief in die Innenstadt. Es war gar nicht so weit, wie er gedacht hatte. Er brauchte gerade mal eine gute Stunde.

Die Innenstadt war wie ausgestorben. Kaum ein Mensch unterwegs. Während es unten an der Chemnitz dramatisch aussah, war hier alles trocken geblieben. Auch der Wagen stand gut und sicher. Regen von oben war kein Problem.

Ein alter Mann ging langsam über den Platz.

Na, junger Mann, heute keine Leute da?

Nein, heute fällt der Verkauf ins Wasser.

Hier ja noch nicht. Da kommt das Wasser höchstens in die Tiefgarage. Aber unten an der Chemnitz …

Ich habe es gesehen. Überall Land unter. Ich bin froh, dass mein Truck hier gut steht. Morgen mach ich Ihnen Ihre Tüte wieder voll. Kommen Sie vorbei. Bei mir bekommen Sie die beste Wurst im ganzen Freistaat.

Na, na, junger Mann, das will ich mal bezweifeln. Sie mit Ihrer Dauerwurst. Früher, da haben wir noch selbst geschlachtet. Und so eine große Tüte, die brauch ich ja nicht mehr für mich allein.

Moritz klopfte dem Alten freundlich auf die Schulter.

Dann nahm er sein Handy aus der Tasche. Er musste endlich in der Zentrale anrufen und sich melden, wenn das Telefon wieder ging.

Und es ging. Die Verbindung war schlecht, aber er konnte sich immerhin beim Chef melden – oder wenigstens bei Lilly in der Zentrale.

Moritz, lieber Himmel, wo steckst du denn! Seit Stunden versuchen wir dich zu erreichen. Alles okay da in der Hochwasserstadt?

Ja, so weit alles bestens, meine Blume. Bin gerade am Wagen. Hier ist alles noch trocken. Aber natürlich nichts los. Verkauf kannst du heute vergessen. Ich werde mal sehen, dass ich hier irgendwo helfen kann.

Melde dich, wenn du mehr weißt, okay? Der Chef will wissen, was wird. Und fall nicht ins Wasser!

Jaja ... Ich kann schwimmen, schon vergessen?

Na, das hat schon so mancher gesagt. Und ob dir das was nützt in diesem Fall, das glaube ich mal auch nicht.

Du kennst meinen Schwimmstil nicht, mein Herz!

Alter Angeber. Bis bald!

III

Die Anlaufstelle für Helfer war leicht zu finden. Den größten Teil des Tages füllte Moritz Sand in Säcke. Irgendwann tat ihm der ganze Körper weh, und er war völlig erschöpft. Dabei ist der Sand noch gar nicht nass, dachte er.

Am Nachmittag entspannte sich die Lage an den Flüssen allmählich. Moritz verabschiedete sich. Der Truck stand den ganzen Tag schon unbeobachtet in der Stadt. Er musste sich darum kümmern. In der Einkaufspassage holte er sich eine Zeitung. Heute war die Zeitungsschau am Abend wichtiger als sonst.

An der Zentralhaltestelle studierte er die Aushänge. Nach Markersdorf gab es einen Schienenersatzverkehr. Immerhin konnte er zurückfahren. Er war müde von der Plackerei und froh, sich setzen zu können. Der Bus war nur locker gefüllt. Wer nicht unterwegs sein musste, blieb heute zu Hause.

Im Zimmer angekommen, öffnete Moritz das Fenster und lehnte sich hinaus. Die schwüle Luft lag noch immer drückend über der Stadt. Das Gras glänzte feucht in der Abendsonne, und die Äste der Weide hingen vom Regen schwer herab. Sonst war das Gelände unversehrt. Erstaunlich, wie klein das zerstörte Gebiet doch war. Aber dort kämpften die Anwohner um alles. Sie würden noch Tage brauchen, um den Schlamm aus den Kellern zu schippen. In der Ferne hörte man die Geräusche der Straße. Sicher waren auch hier die Kehrmaschinen unterwegs, um zumindest die Straßen zügig vom Schlamm zu befreien.

Moritz legte sich aufs Bett. Er war zu träge, um das Fenster wieder zu schließen. Ruhe, Lesen. Er streifte die Schuhe von den Füßen. Sie fielen polternd auf den Boden.

Dann vertiefte er sich in die Zeitung: Der Regen werde im Laufe des Tages aufhören, schrieben sie. In den nächsten Tagen werde es nicht regnen. Das lasse auf eine weitere Beruhigung der Lage hoffen. Noch könne man nicht genau beziffern, wie hoch der Schaden sei. Man sei dabei, einen Hilfsfonds für Betroffene einzurichten. In zahlreichen öffentlichen Gebäuden biete man warme Getränke an.

Eine ganze Seite widmete man den eingereichten Bildern vom Hochwasser. Aufmacher war ein großes Bild von einer Brücke. Am Pfeiler hatte sich offensichtlich ein Stoffbündel verhakt. Moritz konnte sich gut vorstellen, wie es in dem bewegten Wasser hin und her getrieben wurde. Darunter fand sich wieder der Name Hans im Glück. Also fotografierte er nicht nur schöne Damen, sondern auch die Katastrophe. Was musste man für ein Kerl sein, damit man so etwas ablichtete? Komischer Typ.

Aber man musste zugeben, dass dieser Hans einen Blick dafür hatte, was die Bedrohung ausmachte.

Donnerstag, 2. Juli

I

Die Hochwassersituation entspannte sich allmählich. Am Nachmittag konnte Moritz den Wagen wieder öffnen. Die ersten Käufer erschienen. Kühlschränke mussten gefüllt werden. Man hörte die Straßenkehrmaschinen in der ganzen Stadt. Die Martinshörner waren jedoch beinahe verstummt. Sie waren kaum häufiger zu hören als an anderen Tagen.

Der Lieferwagen war am Vormittag bis in die Innenstadt gekommen. Das Lager war gut gefüllt. Er warb mit neuer Freude für Hähnchen und Haxen von Moritz aus Sachsen.

II

Den Abend verbrachte Moritz wieder im Quartier. Wie in den letzten Tagen lag er zur Zeitungsschau auf dem Bett. Wieder Bilder vom Hochwasser, auch von Hans. Das Übliche eben.

Moritz wollte die Zeitung schon zur Seite legen, als sein Blick auf ein Foto fiel. Das Foto, das er kannte. *Sie.* Daneben eine kurze Meldung: »Schönste Frau des Amtes ertrunken. Katja M., Sachbearbeiterin im Kulturamt, ertrank während des Hochwassers in den Fluten der Chemnitz. Wie die Polizei mitteilte, sei kein Fremdverschulden feststellbar. Es handle sich vermutlich um einen tragischen Unglücksfall. Auch eine Selbsttötung sei nicht auszuschließen.«

Moritz war sofort hellwach. Er erinnerte sich daran, wie sie an seinem Wagen gestanden hatte, davongegangen war. Ihr wiegender Gang. Eine Frau, die sich ihrer Schönheit, ihrer Wirkung wohl bewusst war. Und eine solche Frau sollte Selbstmord begangen haben? Das glaubte Moritz niemals.

Und eine Frau, die so ging, fiel auch nicht einfach so mitten im Hochwasser in einen Fluss. Die war doch nicht blöd. Nein, da gab es sicher einen Kerl, einen Idioten. Wahrscheinlich ein ehemaliger Liebhaber. Oder einer, der sie gern gekriegt hätte.

Vielleicht war es dieser Fotograf gewesen. Sicher. Der hatte sie gesehen, sie angesehen. Fotografen waren so. Die starrten einen an, dass man Fleisch wurde. Und wenn man eine solche Frau ansah ... Mann, Mann, Mann, da konnte schon einiges passieren. In einem. Und dann war die Frau nicht mehr sicher. Jedenfalls nicht vor diesem Menschen. Vollkommen klar. Der Fotograf hatte sie umgebracht, und er, Moritz, war der Einzige, der das begriff.

Der Typ war ja gestern Abend unterwegs gewesen. Er hatte fotografiert. Und wenn er, Moritz, schon der Einzige war, der hier noch durchsah, musste er eingreifen.

Moritz riss das Bild und die Meldung heraus und legte beides auf seinen Schreibtisch neben den Bericht über die Stadtverwaltung. Nun hatte er schon zwei Bilder von ihr. Und diese verfluchte Meldung.

Er musste nachdenken. Er musste überlegen, was jetzt zu tun war.

Was würde ein Detektiv tun? Er würde bei dem anfangen, was er wusste, und sein Wissen erweitern. Vollkommen klar. Er musste also recherchieren. Über Fotografen fand man alles im Internet. Was das für Typen waren und wen die fotografierten. Und mit dem iPad war man überall mit der weiten Welt verbunden. Vielleicht war das so ein Erotik-Fotograf. Die waren doch alle krank.

Und: Wer nannte sich als Fotograf schon Hans im Glück? Nackte Frauen ablichten und Märchenfiguren als Namen wählen. Das war doch nur ein weiterer Beweis, wie krank der Typ war.

Je länger Moritz über diesen Hans nachdachte, desto mehr fiel ihm auf, was gegen ihn sprach. Es wunderte ihn, dass der Polizei offensichtlich nicht aufgefallen war, dass es in diesem Fall einen Verdächtigen gab. Ganz egal, ob Katja an Verletzungen gestorben war oder nicht. Es war einfach leichtfertig und unprofessionell, so schnell zu entscheiden, dass es kein Mord war. Für ihn, Moritz, stand fest: Es gab zahlreiche Ungereimtheiten. Und er würde sich daranmachen, die Sache aufzuklären.

Hans im Glück

Dienstag, 30. Juni

I

Es regnete. Manchmal mochte Hans den Regen. Dann, wenn er in zarten Tröpfchen auf dem Fluss zerstob und das Sonnenlicht sich darin brach. Das gab tolle Bildeffekte. Oder wenn er gegen das Fenster fiel und die Tropfen sich nach und nach zu kleinen Flüssen vereinten und immer schneller hinabflossen. Aber das heute war kein freundlicher Regen mehr, das war die glatte Lebensfeindlichkeit. Und als ob das nicht genug wäre, hatte er heute auch noch den Kontrolleur getroffen. Das war schon beinahe sein privater Kontrolleur. Jedes Mal ging dieser Kerl zielgerichtet auf ihn los. Dabei zahlte Hans immer. Es nervte ihn unsagbar, mit Ämtern Ärger zu haben. Also warum sollte er sich mit so einer banalen Sache Unruhe ins Leben holen?

Aber dieser Idiot hatte ihn auf dem Kieker. Das spürte Hans. Ein Mal, ein einziges Mal hatte er Hans erwischt. Das war nach dem Streit mit Polina gewesen. Er war mal wieder knapp bei Kasse und mit der Miete im Rückstand. Darüber hatte sich Polina wahnsinnig aufgeregt. Die Miete stehe im Mietvertrag, und er müsse bezahlen. Seinetwegen sei sie knapp dran. Seinetwegen wisse sie nicht, wie sie in diesem Monat die Rate für die Wohnung begleichen sollte. Dabei habe sie doch gut geplant. Nur er wieder nicht. Es war eine hässliche Szene gewesen. Und dann hatte er in der Bahn gestanden. Sein Kopf hatte sich angefühlt, als wäre er aufgebläht. Polina wusste doch, dass er die Miete immer pünktlich bezahlte – wenn er es konnte. Sie kannte ihn doch lange genug. In Gedanken hatte er Polina wieder und wieder erklärt, wie es zu der Verzögerung gekommen war – und hatte deswegen erst an der zweiten Station bezahlt. Und dann? Dann war der Typ auf ihn zugekommen und hatte sich vor ihm aufgebaut: Er habe beobachtet, dass er nicht bezahlt habe. Nun, junger Mann, wie erklären Sie mir das denn, dass Sie erst jetzt bezahlt haben? Der hatte sich sogar noch den Fahrschein zeigen lassen! Hans hatte ihm erklärt, warum er so aufgeregt gewesen war – doch dieser Idiot hatte ihm tatsächlich eine Strafe aufgebrummt. Nicht etwa, weil er keinen gültigen Fahrschein besessen hätte, nein. Sondern nur, weil er diesen Fahrschein nach Meinung des Kontrolleurs zu spät entwertet hatte. Es war absurd. Er fuhr niemals ohne Fahrschein.

Der Kontrolleur hatte ihn nur müde angegrinst und gesagt: Ihren Ausweis bitte. Das hatte ihn dann ganze vierzig Euro gekostet. Mehr hatte er auch nicht mehr auf dem Konto. Ja, wenn die Auftraggeber bezahlen würden. Dann sähe es anders aus. Aber nur die kleinen Privatkunden, von denen man nicht leben konnte, zahlten pünktlich. Auf das Geld für die großen Aufträge durfte man warten. So sah's doch aus.

Seit dieser Zeit fotografierte Hans den Kontrolleur, sooft er ihn entdeckte. Und der Kontrolleur ließ sich mit schöner Regelmäßigkeit sofort den Fahrschein zeigen, wenn er Hans in der Bahn traf – erst dann begann er die anderen zu kontrollieren. Es war eine Art privater Krieg zwischen ihnen. Und jeder kämpfte mit den eigenen Mitteln. Eine Entscheidung war nicht absehbar. Heute jedenfalls war der Kontrolleur wieder einmal leer ausgegangen. Und Hans hatte sich diebisch gefreut. Denn er hatte den Kontrolleur beim Aussteigen abgelichtet. Ein Punkt für den Fotografen, sagte Hans sich.

Aber es regnete. Es gab Leute, die das nächste Hochwasser voraussagten. Schon wieder zu viel Wasser. Das letzte Hochwasser war nur ein paar Jahre her. Schon damals hatten einige Leute vom Jahrhunderthochwasser gesprochen. Jahrhunderte vergingen offensichtlich manchmal recht schnell.

Hans schlug den Kragen seiner Sommerjacke hoch. Er musste irgendetwas zum Essen in den Kühlschrank legen. Danach konnte er sich überlegen, ob der Regen ihm etwas nützen konnte. Polina war meist recht friedlich, jedenfalls wenn die Miete floss. Sie war die einzige Frau, mit der er sich eine solche komische Konstellation vorstellen konnte. Eine WG mit einer Frau, ohne dass sie miteinander schliefen, wäre ihm sonst merkwürdig vorgekommen. Aber sie hatten kein Interesse aneinander. Und das war gut so. Seitdem lebte er sehr viel entspannter. Scheitern war bei ihnen ausgeschlossen.

Und heute würde er ihr eine Freude machen und ihre Lieblingswurst besorgen. Die Marktschreier waren in der Stadt. Die halbe Stadt war zugekleistert mit ihren Plakaten. Das hieß, auch dieser Moritz von *Wurst auf Rädern* war wieder da.

Schon von weitem waren sie zu hören. Einkaufsspaß in der Innenstadt: Kommen Sie ran. Für fünfzehn Euro mache ich Ihnen die Tüte voll. Und: Nudeln sind der Hausfrau Trost, wenn du sie kaufst bei Kalle Lost. Dagegen brüllte Moritz wieder: Knackwurst, frisch auf den Tisch, ist besser als Fisch.

Die Händler redeten in ihre Mikros, obwohl nur wenige Menschen unterwegs waren. Hans war auf einmal in heiterer Stimmung. Diese Männer ließen sich durch nichts aus der Ruhe bringen. Genau so musste man es machen. Der Regen war egal. Die Stimmung entschied über den Tag.

Am Wagen von Moritz stand nur eine Frau. Wenn seine Laune nicht sowieso gut gewesen wäre, so hätte sie sich jetzt sprunghaft verbessert. Das war Katja, seine Katja. Die Frau, die in jeder

Verpackung gut aussah. Die Serie über die Stadtverwaltung hatte ihn letzten Monat gerettet. Und Katja kennenzulernen war auch ein Spaß gewesen. Als Frau von der Stadtverwaltung natürlich eine komplette Fehlbesetzung. Aber sie hatte eine Begabung zum Model, sah toll aus. Mit ihrer Ausstrahlung, ihrer Art, sich in Szene zu setzen, konnte man etwas anfangen. Er hatte schon damals Ideen für eine Serie mit ihr. Irgendwann wollte er das mit ihr besprechen. Aber jetzt, mitten im Regen, war wohl nicht der richtige Zeitpunkt.

Hans musste lächeln, als er an die Aufnahmen dachte. Er hatte selten mit einer Frau so viel gelacht während der Arbeit. Arbeiten würde er gern wieder mit ihr. Über Tiefsinniges konnte man allerdings nicht mit ihr reden. Sie war sicher eine der schönsten Frauen, die er kannte. Aber er hätte diese Frau keine zwei Minuten in seiner Wohnung ertragen. Sie redete unablässig, wenn man sie nicht gerade bat, sich in Pose zu stellen. Worte, Worte, Worte. Hans hatte das unglaublich anstrengend gefunden. Aber es war eben auch sehr witzig gewesen.

Hans stellte sich hinter Katja bei dem Wagen an. Sie wirkte bedrückt, als ob sie geistig nicht ganz anwesend wäre, und schien ihn gar nicht zu bemerken. Das war bedauerlich. Ohne sich umzusehen ging sie vom Wagen weg. Das war so gar nicht die Katja, die er im Amt erlebt hatte, das ewig plappernde heitere Mädchen, das noch längst nicht erwachsen war. Eine Fünfjährige im Körper einer Dreißigjährigen. Eine Frau, die sich ständig umsah und jeden entdeckte und ansprach.

Hans sah ihr nach. Sie hatte offensichtlich heute auch einen schlechten Tag. Schade. Aber bei dem Wetter ja kein Wunder.

Plötzlich fühlte Hans eine leichte Berührung an der Schulter.

Na, junger Mann, sind wir schon wieder auf Brautschau?

Ach, Polina, du. Nein, meine Liebe, das war ein Model.

So, und sie hat dich gar nicht bemerkt? Da scheint eure Zusammenarbeit ja nicht so gut gelaufen zu sein.

Ganz im Gegenteil. Wir haben sehr viel gelacht. Ich weiß auch nicht, was sie heute hat. Sie wirkt irgendwie … anders als sonst.

Ich bin beeindruckt, dass du als Mann so etwas überhaupt bemerkst.

Tja, Polinchen, man sollte uns eben nicht unterschätzen.

Moritz' Rufe unterbrachen ihr Gespräch.

Fünfzehn Euro für die Tüte mit Hähnchen und Haxen, gibt's nur bei eurem Moritz aus Sachsen.

Dann sah der Marktschreier Hans aufmunternd an.

Wir nehmen eine Tüte, Knackwurst mit Knoblauch bitte auch dazu.

Und Moritz spulte wieder seine Sprüche ab: Fünfzehn Euro die Tüte. Und Sie bekommen alles, was Sie brauchen. Echte ungarische Salami, dazu eine Knackwurst mit Kümmel und eine mit Knoblauch. Aber immer schön gemeinsam essen. Immer schön gemeinsam. Sonst wird das Leben einsam.

Polina hakte sich bei Hans unter. Wie kommt es denn, dass du heute so großzügig bist?

Keine Ahnung, Polina, ich bin eben so.

So kenne ich dich sonst gar nicht.

Du kennst mich eben nicht besonders gut.

Polina lachte. Klar, ich wohne ja nur mit dir in einer Wohnung! Komm, lass uns nach Hause gehen.

Du hast recht. Ich muss mir etwas Wärmeres anziehen. Und dann werde ich schauen, dass ich ein paar Fotos bekomme. Das Wetter ist schlecht. Aber das ist für den Fotografen und sein Konto gut.

II

Das Wasser stieg. Es schwappte in kleinen Wellen auf die Wiese, eroberte Meter um Meter. Das leise Rauschen hinter ihr schwoll immer mehr an. Wenige Meter entfernt fuhren Autos über die Brücken. An normalen Tagen glich es einem unablässigen Surren. Sie hörte davon kaum etwas. Das Rauschen des Regens und die Strudel im Fluss waren lauter.

Nur wenige Meter entfernt stand er. Sie sah ihn unverwandt an. Als ob ihr Blick den Abstand aufrechterhalten könnte.

Unter ihren Sohlen spürte sie einen Sog. Sie stand bereits bis zu den Waden im Wasser. Es wäre vernünftig gewesen, zur Wiese zu gehen. Aber dann würde alles von vorn beginnen. Sie trat einen Schritt zurück. Mehr Raum. Sie brauchte mehr Raum.

Er stand auf der Wiese und sah ihr zu. Wenn sie auf ihn zuginge, nur einen Schritt, er würde ihr sofort die Hand reichen, sie retten, ihr helfen. Sie sollte nur ihren Fehler einsehen. Aber solange sie dort im Wasser stand, konnte er nichts tun. Sie musste begreifen, dass sie einen Fehler gemacht hatte.

Dann würde er sie mit offenen Armen empfangen.

III

Polina und Hans waren völlig durchnässt, als sie die Weststraße erreichten. Polina hatte vor einigen Jahren eine Wohnung auf dem Kaßberg ergattert. Sie war noch heute stolz auf ihr Geschick bei den Verhandlungen.

Manchmal ärgerte sich Hans allerdings, dass sie so weit oben am Berg wohnte. Jetzt erwies es sich als ein Glücksfall. Auch wenn das Wasser hoch stand: Es war mehr als unwahrscheinlich, dass das Haus oder auch nur der Keller betroffen sein würden.

Polina hatte die Wohnung vor zehn Jahren mit ihrem Mann gemeinsam gekauft. Dann war ihr Mann plötzlich ausgezogen. Eine andere Frau, ein neues Leben. Und Polina hätte verkaufen und sich eine andere Wohnung suchen müssen. Damals hatte Hans gerade seine Stelle als Grafiker angetreten. Er war neu in der Stadt, kannte kaum jemanden und wollte nur vorübergehend irgendwo unterkommen, bis er wusste, wo er leben wollte. Polina hatte eine Anzeige aufgegeben: »Suche Mitbewohner«. Er hatte auf Polinas Anzeige geantwortet, obwohl sie geschrieben hatte: »Frau bevorzugt«. Er war wenig später eingezogen. Vorübergehend, vereinbarten sie, vielleicht für einen Monat. Aus dem einen Monat wurden zwei, dann drei, schließlich sprachen sie nicht mehr über seinen Auszug. Sie hatten sich aneinander gewöhnt. Hans fand es sehr angenehm, nicht allein zu wohnen. Für Polina war es praktisch, Miete einzunehmen und so den Kredit abzubezahlen.

Die Wohnung hatte einen langen Flur, an dessen Enden jeweils die privaten Zimmer lagen. Ein drittes Zimmer ging nach hinten hinaus. Es war meist ihr gemeinsamer Wohnraum, diente aber oft als Gästezimmer. Beinahe in der Mitte war die große Wohnküche mit einem kleinen Balkon. Dort hielten sie sich am häufigsten auf. Rechts daneben waren das Bad und eine weitere Toilette.

Der Balkon war Polinas Reich. Dort wurde Hans nur als Besucher geduldet. Aber das war ihm recht. Pflanzen zu pflegen fand er ähnlich reizvoll, wie Fußpilz zu behandeln. Dafür durfte Hans die Abstellkammer eine halbe Treppe tiefer allein nutzen. Polina warf alles weg, was nicht festgenagelt war. Hans dagegen liebte es, Erinnerungsstücke aufzuheben. Das war einer der wenigen Punkte, bei denen sie sich manchmal auf die Nerven gingen. Aber das geschah selten.

Als Hans jetzt tropfnass im Flur stand, wurde ihm auf einmal bewusst, was es für ein Glück war, diesen Ort zu haben, ein Zuhause, ein Heim. Es gab in diesem Moment nichts Besseres. Am liebsten hätte er Polina umarmt. Aber so etwas mochte sie nicht.

Polina hatte sich bereits umgezogen und war in die Küche gegangen, um Tee zu kochen. Sie streckte den Kopf zur Tür heraus.

Willst du auch?

Ja, klar. Ich zieh mich nur schnell um.

Hans stellte seine Schuhe neben die Tür, zog eine Zeitung aus dem Ständer und stopfte sie in seine Schuhe. Dann zog er die Strümpfe aus und ging in sein Zimmer.

Es war so dunkel, dass man das Licht anmachen musste. Weltuntergangsstimmung. Der Regen klopfte an das Fenster. Er schien Hans einzuladen: Dieser Tag ist ein Tag, an dem etwas geschieht. Diese Nacht wird eine Nacht, in der etwas geschieht. Hans sah, wie sich das Lampenlicht in den Regentropfen brach. Ich muss so schnell als möglich los, dachte er. Ich ziehe mich nur um, trinke einen Tee, und dann muss ich mit der Kamera los.

IV

Den restlichen Nachmittag und den Abend hindurch lief Hans in der Stadt umher und fotografierte. Er ging die Weststraße hinunter bis an die Chemnitz. Anwohner standen in den Türen und sahen besorgt in den Regen. Das Wasser lief in Sturzbächen die Straße hinunter. An der Chemnitz stapelten Anwohner und Helfer Sandsäcke. Hans war froh, dass er beim Regenschutz für die Kamera nicht gespart hatte. Einen Regenschauer hielt sie locker aus. Aber Dauerregen? Da war sich Hans nicht sicher gewesen. Die neue Hülle hielt jedoch einiges ab. Und zur Not hatte er immer eine Plastetüte dabei. Schwieriger war es, die Fotolinse frei von Regentropfen zu halten.

Das Wasser stieg und stieg. Hans ging durch die Straßen und fotografierte wie besessen: Die Feuerwehr im Einsatz. Müde Kameraden. Gesichter, in denen sich Sorgen spiegelten. Aber auch Neugierige, die aus ihren sicheren Häusern herunterkamen, um zuzuschauen und ebenfalls Fotos zu machen, die sie sicher sofort in irgendwelchen Netzwerken verbreiteten.

Hans verlor das Gefühl für Raum und Zeit. Manchmal war ihm nicht mehr ganz klar, wo er sich befand. Er war eins mit seiner Kamera. Sie war sein Auge. Es vergingen nur wenige Stunden. Aber sie veränderten die Stadt.

Hans war weit Richtung Süden durch die Stadt gelaufen, immer in der Nähe der Chemnitz. Erst als es dunkel war, kehrte er nach Hause zurück. Durchnässt, frierend, aber eigentümlich zufrieden. Bis kurz vor elf sortierte er Bilder aus. Viele waren nicht zu verwenden. Die Linse war wieder und wieder nass geworden, und die Tropfen störten das Bild. Einige Aufnahmen waren ihm aber gelungen. Besonders gefiel ihm eine Aufnahme von der Brücke am Südring. Man sah, wie das Wasser den Sportplatz überschwemmte. Auf einer zweiten Aufnahme erkannte man die Wirbel an den Brückenpfeilern. Ein Kleiderbündel war dort hängen geblieben.

Diese beiden Bilder zeigten die Bedrohung der Stadt am deutlichsten. Hans sandte sie an einige Kollegen in den Zeitungsredaktionen, mit denen er regelmäßig arbeitete. Sie würden sicher bis kurz vor Mitternacht noch an den Berichten sitzen und dann den Satz zum Druck freigeben, damit die Blätter brandaktuell waren, wenn sie irgendwann in der Nacht die Druckerei verließen. Und doch würden sie im Laufe des Vormittags schon veraltet sein. Denn die Situation änderte sich mit jeder Minute. Verrückt, wie sich das Leben manchmal verdichtete und einen zum Handeln zwang.

Mittwoch, 1. Juli

I

Hans schlief schlecht. Er träumte wirr und erwachte mit dem Gefühl, etwas Wesentliches übersehen zu haben. Irgendetwas hätte er bemerken müssen. Aber er wusste nicht was. Er blieb liegen und starrte an die Decke. Manchmal erinnerte er sich, wenn er sich vollkommen entspannte. Aber heute nützte das alles nichts. Es war besser aufzustehen, Kaffee zu kochen und sich die Bilder von gestern noch einmal anzusehen. Vielleicht fand er ja auf den Bildern die Lösung. Nach dem ersten Kaffee sah die Welt anders aus.

In seinen E-Mails fand er Nachrichten von zwei Redaktionen, die jeweils Bilder genommen hatten. Die *Chemnitzer Zeitung* hatte sich für das Bild mit dem Stoffbündel entschieden. Und sie schrieben, dass sie auch heute wieder das eine oder andere seiner Fotos nehmen würden.

Hans lehnte sich zurück. Wenn es nach ihm ginge, könnte es ruhig noch einige Tage Unwetter und Katastrophen geben. Dann war zumindest das Konto gedeckt.

II

Am Vormittag fotografierte Hans die Aufräumarbeiten in der Stadt. Der Wasserpegel sank und gab den Blick darauf frei, was die Strömung alles mit sich gerissen hatte. In den Kellern blieb ein stinkender Morast zurück. Auf den Straßen direkt an der Chemnitz lagen Äste und kleine Bäume. Die Annaberger Straße war besonders betroffen. Manchmal hatte Hans das Gefühl, er müsse etwas für die Zukunft dokumentieren. Die Leute sollten sich auch noch in zehn Jahren daran erinnern können, wie es ausgesehen hatte. Sie würden es ihren Kindern erzählen und hätten seine Fotos, um es ihnen zu erklären. Solche Vorstellungen von der Zukunft gefielen Hans.

Von der Annaberger Straße ging er zur Brücke am Südring. Zu seiner Überraschung erwartete ihn dort ein größeres Polizeiaufgebot. Gerade zog man ein Bündel am Brückenpfeiler nach oben. Hans erinnerte sich, dass er irgendwann am Abend hier gewesen war und dieses Stoffbündel gesehen hatte. Und heute Morgen war das Bild in der Zeitung erschienen. Vielleicht entstand daraus sogar eine Geschichte, die Geschichte eines Kleiderbündels in der Flut.

Hans fotografierte die Beamten bei der Arbeit. Gebeugte Rücken, Helfer. Plötzlich stutzte er, sah noch einmal durch den Sucher, ließ die Kamera sinken. Der Stoff hatte ein Gesicht, oder besser gesagt, er hatte noch vor kurzem ein Gesicht gehabt. Es war vermutlich vom wiederholten Schlagen gegen den Pfeiler entstellt. Und doch erkannte er es wieder. Katja. Die schöne Katja aus der Stadtverwaltung, während des Hochwassers in Chemnitz ertrunken.

Hans drehte sich um und ging wie ferngesteuert Richtung Innenstadt. Katja war tot. Es würde keine Bildserie mit ihr mehr geben. Die schöne Katja war vielleicht das einzige Todesopfer der Flut. Ausgerechnet sie, die so viel Leben ausgestrahlt hatte.

III

Den Nachmittag verbrachte Hans am Schreibtisch. Er sortierte die Aufnahmen vom Vormittag und sandte die brauchbaren an die Redaktion.

Immer wieder aber sah er sich ein Video vom vergangenen Abend an: Ein Bündel bewegte sich im Wasser, wurde hochgehoben, senkte sich wieder, schlug gegen den Beton des Pfeilers. Man hätte meinen können, dass es nicht nur ein Bündel Kleider, sondern eine Puppe war. Dafür bewegte es sich aber zu weich, zu fließend. Eine Puppe hätte dem Fluss mehr Widerstand entgegengesetzt. Und es war ja auch keine Puppe. Es war Katja, die dort im Wasser trieb. Und er hatte es nicht gemerkt.

Donnerstag, 2. Juli

I

Am Donnerstag fand Hans den Artikel in der Zeitung. Polina hatte ihm die Zeitung auf den Küchentisch gelegt. Die Redaktion hatte für den Beitrag eins seiner Bilder gewählt. Katja, wie er sie kannte. Hans empfand es als schön und schrecklich zugleich. Es war eine Art Abschied, eine Würdigung, und es war auch wie ein Schlag ins Gesicht. Als ob ihm damit klar und unwiderruflich gesagt werden sollte: Nie mehr.

Im Artikel stand, dass kein Fremdverschulden festgestellt werden konnte. Das war ja kein Wunder. Wer hätte wohl nach Stunden im Wasser, nach den unzähligen Stößen gegen den Pfeiler noch Spuren einer Handgreiflichkeit erkennen sollen. Dazu hätte sie der Mörder ja erschießen oder erstechen müssen. Von anderen Verletzungen konnte doch nichts mehr zu erkennen sein.

Aber vermutlich war sie einfach naiv gewesen, hatte irgendwo versucht, eine Straße zu überqueren, obwohl das Wasser schon kniehoch stand. Dann war da ein Wirbel gewesen. Sie war erfasst worden und ertrunken. Wasser in dieser Menge war gefährlich.

Wer hätte sie denn umbringen sollen? Sie war so heiter und unbedarft gewesen. Ein kleines Mädchen. Etwas nervig in ihrem Schwatzen. Das schon. Aber sonst?

Hans konnte sich nicht vorstellen, dass ein Mensch mit Katja einen so schweren Konflikt gehabt hatte, dass der Hass ihn zum Mörder machte. Das ist vollkommen ausgeschlossen, dachte er.

II

Dennoch ließ ihn den ganzen Tag diese Frage nicht los. Wenn es denn kein Unfall war, wer hätte einen Grund gehabt, sie zu töten? Vollkommen unsinnig erschien ihm dagegen der Gedanke an Selbstmord. Diese Frau? Niemals. Letztlich war ein Unfall wirklich die wahrscheinlichste Lösung.

Hätte er ihr helfen können? Hätte er sie retten können? Wenn er vielleicht etwas eher dort vorbeigegangen wäre? Wenn er schneller reagiert hätte? Wenn er das Bündel nicht für eine Ansammlung Stoff, sondern für einen Menschen gehalten hätte? War er vielleicht sogar mitschuldig?

Obwohl Hans Katja kaum gekannt hatte, trauerte er um sie wie um eine gute Freundin. Er hatte sich auf die weitere gemeinsame Arbeit gefreut und war sich so sicher gewesen, dass es eine tolle Zeit sein würde. Zurück blieb eine große Leere, die er nicht zu füllen wusste.

Hans fühlte sich wie gefangen. Immer wieder lief er durch die Wohnung. Er tat nichts. Manchmal setzte er sich kurz vor seinen Schreibtisch. Dann stand er wieder auf und ging umher. Kurz bevor Polina von der Arbeit zurückkehrte, verließ er die Wohnung und irrte durch die Stadt. Fotografieren konnte er nicht. Er fühlte sich schuldig. Aber er war doch unschuldig! Er konnte doch nichts dafür!

Was sollte er tun? Wenn es einen Schuldigen gab, dann hätte er ihn gern gefunden. Aber gab es so jemanden? Anscheinend war es nur ein schrecklicher, sinnloser Unfall.

Moritz vs. Hans

Freitag, 3. Juli

I

Diesen Hans im Glück zu finden war gar kein Problem. Moritz saß an seinem Rechner und sah sich die Website von Hans an. Eigene Atelierräume schien er nicht zu besitzen. Er wohnte in der Weststraße, im Nobelviertel.

Moritz wunderte sich. Seiner Meinung nach waren Fotografen entweder sehr bekannt und wussten gar nicht, wie sie ihr Geld ausgeben sollten. Oder sie besaßen in irgendeiner Nebenstraße ein Fotostudio, und wenn man dort ein Passfoto aufnehmen ließ, jammerten sie über die Kunden, die nicht mehr kamen. Und dann gab es natürlich noch diese Typen, die Frauen und kleine Kinder ablichteten. Mit solchen Leuten wollte er nichts zu tun haben.

Aber wenn der Typ kein Studio besaß und nicht berühmt war, konnte er also nur zur letzten Gruppe gehören. Und er musste Kohle haben. Wer den schönen Mädels hinterherstieg, klar, der hatte Geld – oder mindestens tat er so.

Und er schien wirklich ein Glückshans zu sein. Ordentlich herumgekommen war er jedenfalls. Auf der Seite waren Bilder aus Barcelona, Prag, Oslo. Der Glückshans fotografierte offensichtlich an liebsten Menschen in allen Lebenslagen. Immer Menschen auf der Straße, lachend, weinend, im Gespräch, beim Spiel. Manche Bilder erzählten geradezu Geschichten. Außerdem gab es absurde, künstliche Szenen mit Models in Parks und auf Friedhöfen. Meist waren es Frauen. Manche waren schon älter.

Moritz konnte nicht nachvollziehen, wie jemand Spaß daran haben konnte, alte Weiber und alte Kerle abzulichten. Aber ganz klar, wer eine kranke Phantasie hatte, der machte so was. Alles, was er sah, war für Moritz eine Bestätigung seiner Meinung: Der Typ war ein Psychopath, und er, Moritz, musste dafür sorgen, dass die Welt vor ihm gewarnt wurde.

Ich muss vorsichtig sein, dachte Moritz. Alles, was ich tue, kann gefährlich werden.

Mit der Polizei zu reden kam aber nicht in Frage. Die hatten den Fall sofort abgeschlossen. Was sollte man von solchen Leuten schon erwarten. Nein, er musste das allein schaffen.

Das Impressum war vorbildlich. Moritz freute sich. Zumindest hatte er schon einmal die Adresse. Nun konnte er erst einmal diesen Hans im Glück beobachten. Und das war für diesen Hans mit Sicherheit kein Glück!

II

Hans liebte das Fotografieren auf der Straße, an Orten, die sich nicht ihm anpassten, sondern auf die er sich einlassen musste. Immer geschah Überraschendes, begegnete er Menschen, Orten neu.

Und Hans liebte Hochzeiten, obwohl er selbst nicht heiraten

wollte. Aber die Ausstrahlung eines glücklichen Paares. Diese Momente der Nähe gab es sonst nur selten. Das fotografierte er gern.

Außerdem wurden Hochzeiten meist gut bezahlt – und es gab immer wieder welche. Anders als bei Scheidungen. Da wurde nie ein Fotograf gebucht. Pragmatisch betrachtet: Wer an diesem einen Tag so viel Geld ausgab, der wollte an diesem Tag glücklich sein. Und Hans hatte dafür zu sorgen, dass dieses Glück für alle sichtbar blieb, ganz egal, wie der nächste Tag aussah. An dem war er dann nicht mehr beteiligt. Glücklicherweise.

Diesmal war der Auftrag besonders interessant. Die Trauung sollte am nächsten Samstag in den Felsendomen stattfinden.

Hans hatte sich telefonisch für diesen Freitag angemeldet. Er wollte den Raum sehen, die Lichtverhältnisse prüfen und sich dann für die Ausrüstung entscheiden. Dass die Hochzeit erst in einer Woche sein würde, erwies sich nun als Glücksfall. In einer Woche würde sich alles wieder beruhigt haben.

Man hatte ihm vorgeschlagen, vor den Führungen vorbeizukommen. Das hieß: Früh aufstehen und geradezu vor Tau und Tag nach Rabenstein fahren.

Die Sonne schien. Hans beschloss, im Anschluss an die Ortsbesichtigung das schöne Wetter für einen Spaziergang zum Rabensteiner Stausee und zur Burg zu nutzen. Es interessierte ihn, wie die Lage dort war. Das kleine Wildgehege würde wohl nicht vom Hochwasser betroffen sein, und auch die Burg auf ihrem Hang war in Sicherheit. Aber Stausee und Sportzentrum konnten durchaus in Mitleidenschaft gezogen worden sein.

Hans ging die kurze Strecke von der Bushaltestelle durch den Wald und am Restaurant vorbei bis zum Eingang der Höhle. Das Tor war bereits offen, und er wurde erwartet.

Wie immer, wenn er solche Höhlen betrat, ergriff ihn ein wohliges Schaudern. Als ob die märchenhaften Gefährten seiner Kindheit, Kobolde und Zwerge, wieder auferstehen würden.

Das Kalkbergwerk hatte vier Sohlen. Die ersten beiden konnten noch besichtigt werden, zwei weitere lagen unter Wasser. Bei erfahrenen Tauchern waren sie ein beliebtes Ziel für Tauchgänge. Der Raum für die Trauungen lag auf der ersten Sohle.

Die Führerin war freundlich, aber wenig gesprächig. Es war wohl noch zu früh am Tag. Nur gelegentlich wies sie Hans auf unsichere und rutschige Stellen hin.

Über einen kurzen Abstieg erreichten sie den Raum, in dem die Trauungen stattfanden. Unter dem Fels des Berges stand man in einem kirchenartigen Raum. Die Decke verlor sich im Dunkeln. Jedes Tropfgeräusch hallte wider.

Auf einem Podest stand ein Tisch, davor zwei Stühle für das Brautpaar, auf dem Felsboden die Stühle für die Gäste. Weggesperrt und gut geschützt stand hinter den Stühlen eine Musikanlage, ebenfalls auf einem Podest.

Zur Hochzeit würden Fackeln den Raum erleuchten und eine ganz eigene Stimmung erzeugen. Hans ging um die Stühle herum und testete verschiedene Einstellungen.

Ebenso schweigend, wie sie gekommen waren, verließen sie die Höhle.

Die Sonne schien. Hans beschloss, durch die Felder und an den Gärten vorbei zum Wildgehege zu gehen. Das würde vielleicht eine halbe Stunde dauern. Tieraufnahmen verkauften sich oft ganz gut. Von dort war es nicht weit zum Stausee. Vielleicht gab es dort interessante Motive für einen weiteren Blick auf das Hochwasser. Das Wasser stand sicher sehr hoch.

Hans hatte recht: Die Wege waren aufgeweicht. Bis zum See hinunter stieg er nicht. Bedrohlich wirkte die Situation nicht mehr. Erstaunlich, wie schnell das Wasser weitergeflossen war. Den ganzen Tag strich Hans durch den Wald, fotografierte die Tiere, den See, die Burg. Er fühlte sich heiter und gelöst.

Die Rückfahrt war dagegen weniger entspannt. Kaum hatte

Hans den Bus bestiegen, stand wie aus dem Nichts der Kontrolleur neben ihm.

Na, bezahlen wir heute?

Ich bezahle immer. Das wissen Sie doch!

Immer? Das habe ich auch schon anders erlebt.

Hans wollte antworten, überlegte es sich dann aber anders. Er entwertete seinen Fahrschein schweigend und setzte sich. Warum sollte er sich mit einem übereifrigen Angestellten streiten?

Dennoch war er wütend. Und zugleich ärgerte er sich über sich selbst, dass er sich von diesem Menschen so reizen ließ. Was hatte der nur an sich, dass er sich so aufregte? War es dieses Übergenaue? Oder störte ihn eher die Zudringlichkeit, mit der der Kontrolleur auf die Einhaltung der Ordnung pochte? Die gesamte Heimfahrt über dachte er darüber nach. Aber er fand keine Erklärung.

Am frühen Abend erreichte Hans die Weststraße. Als er die Haustür aufschließen wollte, sah er den Marktschreier an der Ecke stehen. Was wollte der hier? Keine der Wohnungen war frei. Wartete er auf jemanden? Es war merkwürdig, dass ein Marktschreier an einem Freitagabend so viel Zeit hatte. Gerade jetzt kamen doch sicher die meisten Leute. Und wenn er schon Feierabend hatte, dann musste er doch sicher den Truck wieder ins Depot bringen, oder?

Samstag, 4. Juli

I

Moritz öffnete die Augen und lächelte: Urlaub, dachte er, endlich Urlaub! Und ich muss nirgendwo hin. Cool, dass ich das Zimmer diese Woche noch habe! Mal schauen, was ich nächste Woche mache. Auf jeden Fall kann ich mich nun um diesen Hans kümmern.

Die erste Beobachtungsrunde am gestrigen Abend war recht erfolgreich gewesen. Das Haus in der Weststraße sah wirklich nobel aus. Die Erbauer hatten sicher richtig viel Geld. Und gut renoviert war es auch. Wenn auch nicht ganz so attraktiv wie das Haus, das er kurz vorher in einer anderen Straße gesehen hatte. Wahnsinn, was die Leute sich so alles ausdachten.

Gut, andere fotografierten eben. Auch nicht besser.

Moritz hatte die Augen wieder geschlossen, während er sinnierte. Das mochte er an den freien Tagen sehr. Liegen bleiben können und nachdenken. Zu lange konnte er sich damit heute allerdings nicht aufhalten. Er hatte noch einiges vor. Moritz schwang sich aus dem Bett, schlurfte zur Dusche und war wenige Minuten später endlich wach.

Heute also würde die Beobachtung des Verdächtigen richtig beginnen. Moritz saß am Tisch, trank Kaffee und dachte: Dafür brauche ich einen Plan. Ich werde mir einen Stadtführer kaufen und so tun, als ob ich das Viertel eingehend besichtigen würde. Der Kaßberg ist ja ziemlich bekannt. Da fällt das sicher nicht auf.

Schon am Abend zuvor hatte Moritz mit einer Zeichnung begonnen, auf der die Lage des Hauses, Hauseingänge in der Nähe und passend stehende Bäume eingetragen waren, damit er wusste, wo er sich notfalls verbergen konnte. Die Wohnung in der Weststraße lag relativ nah am Zentrum. Schräg gegenüber war eine Kirche. Durch die Straße fuhr ein Bus. Falls es nötig war, konnte man den Ort auch mit öffentlichen Verkehrsmitteln schnell verlassen. Es gab im Umfeld einige Häuser, die im Stadtführer erwähnt wurden. Das Beste war natürlich, dass er Richtung Kaßberg nicht über die Chemnitz musste. Welche Umleitung auch immer sie fuhren, das Viertel blieb erreichbar. Außerdem waren dort immer wieder Leute auf der Straße. So still, wie alle behaupteten, war das Viertel gar nicht.

II

Hans saß mit Polina am Frühstückstisch. Das geschah sonst eher selten. Am Morgen musste man sich nicht begegnen, auch nicht in einer angenehmen WG. Heute war einer dieser Ausnahmetage. Sie hatten beide nichts vor. Erst nach zehn hatten sie sich auf dem Flur getroffen, beide noch verschlafen und wenig kommunikativ. Ich mach uns Kaffee, hatte Polina gemurmelt. Und das hatte Hans als eine Einladung zum Frühstück verstanden. Er hatte sogar den Tisch gedeckt und zwei Brötchen aus dem Gefrierfach aufgebacken. Eine Glanzleistung am Morgen, fand er.

Zu reden gab es nicht viel. Hans hatte die Zeitung auf den Knien und betrachtete die Fotos der Kollegen. Polina schaute dem Treiben auf der Straße zu.

Das ist komisch.

Hm.

Du hörst mir nicht zu.

Ich lese.

Aber das ist komisch.

Was denn? Hans verdrehte die Augen. Weibliche Kommunikation war anstrengend.

Na, dieser Typ da unten. Der sieht aus wie unser Moritz von den Marktschreiern und treibt sich schon mindestens zehn Minuten auffällig-unauffällig auf der anderen Straßenseite herum.

Wieso sollte der schon wieder hier sein? Wer weiß, wen du da siehst.

Bin ich blind, oder was? Das ist echt dieser Moritz! Und was heißt denn hier »schon wieder«?

Ach, der war gestern auch schon hier. Ich hab ihn gesehen, als ich aus Rabenstein kam. Na, wer weiß. Hat sich vielleicht verliebt und will seine Angebetete kennenlernen.

Spinnkopf! Der ist bestimmt seit hundert Jahren verheiratet.

Na, dann hat er eben eine Geliebte. Polina, was geht uns das an?!

Eigentlich nichts.

Und uneigentlich? Hans ließ die Zeitung sinken und sah Polina genervt an. Wenn sich nicht bald der Sinn dieser Unterhaltung herausstellte, drohte eine ihrer seltenen, heftigen Streitereien. Hans hasste diese Art von Gespräch.

Na, uneigentlich habe ich den Eindruck, er beobachtet unser Haus.

Echt mal, du spinnst. Leidest du jetzt unter Verfolgungswahn?

Na, schau doch selber. Dann siehst du, was ich meine.

Hans legte die Zeitung zur Seite, verdrehte noch einmal auffällig die Augen, setzte sich dann aber neben Polina und lugte mit ihr unter der Gardine hindurch auf die Straße.

Polina hatte recht. Der Marktschreier streifte auf der Straße herum, ging auch einmal bis zur Ecke, aber nie so weit, dass er das Haus nicht mehr sehen konnte.

Ich hole mal den Feldstecher.

Hans stand auf und kam mit seinem kleinen Fernglas zurück. Abwechselnd beobachteten sie, wie der Marktschreier auf und ab ging, sich ab und an etwas erklären ließ. Immer in Sichtweite ihres Hauses.

Der ist wirklich verrückt geworden. Die Geliebte wohnt wohl in unserem Haus, oder was?, fragte Hans.

Keine Ahnung, murmelte Polina hinter dem Feldstecher. Wenn er sie so umschleicht, ist die Liebe noch ziemlich einseitig. Jedenfalls ist er sehr an unserem Eingang interessiert.

Ach, komm, lass den spinnen. Ich hab was Besseres vor, als dem beim Zuschauen zuzuschauen. Außerdem wird der Kaffee davon kalt. Ich setz mich an den Rechner.

Hans begann den Tisch abzuräumen: die Marmelade in den Kühlschrank, die Butter in die große Dose, die Wurst wieder ins Papier. Polina reagierte nicht. Sie schien fasziniert davon, dem Marktschreier beim Warten auf irgendetwas zuzusehen.

Hans schlug den Kühlschrank laut zu, nahm seine Kaffeetasse und verließ die Küche.

Er war sauer. Was ging ihn das an, was der Marktschreiber machte? Weiber! Da ließ sie ihn allein abdecken und sagte nicht mal danke. Weiber. Unglaublich, dass er es schon so lange mit der Trulla in einer Wohnung ertrug.

Erst am Rechner entspannte sich Hans. Das war sein Revier. Mehr brauchte er heute nicht. Vor allem hatte er keine Lust mehr auf Zeit mit Polina. Frühstück war mehr als genug.

III

Es wurde ein langweiliger Tag. Stunde um Stunde verbrachte Moritz in der Weststraße. Minütlich erwartete er, dass Hans das Haus verließ und er endlich etwas über ihn erfuhr. Aber Hans kam nicht. Moritz wartete umsonst.

Am Abend taten ihm die Füße vom Stehen weh, er hatte sich einen Sonnenbrand am Arm zugezogen. Das Wasser war auch alle. Er war müde und hungrig.

Aber das Schlimmste war doch das Gefühl, nicht einen Schritt weitergekommen zu sein. Was hatte er heute bewiesen? Das dieser Hans ein Stubenhocker war und manchmal den ganzen Tag lang das Haus nicht verließ. Sprach das dafür, dass er Katja ermordet hatte? Nein! Sprach es dagegen? Nein. Warum also musste dieser Tag sein?

Moritz stellte sich eine lange Schlange aus Bierflaschen auf den Tisch. Das war die einzig richtige Antwort auf diesen sinnlosen Tag. Und er öffnete die erste Flasche.

Sonntag, 5. Juli

I

Moritz saß mit seinem Kaffee am Fenster, hatte die Füße auf die Heizung gelegt und dachte nach. Er musste das Beobachten effizienter gestalten, sonst war er am Ende des Urlaubs keinen Schritt weiter. Er würde nicht wissen, was Katja passiert war, und auch nicht, ob dieser Glückshans wirklich etwas mit ihr hatte. Sonntag war natürlich ein schlechter Tag für Ermittlungen in der Stadtverwaltung. Das konnte er ja morgen versuchen.

Er könnte sich an den Aufräumarbeiten beteiligen und schauen, ob da jemand diesen Hans kannte. Das war zwar ebenso ungewiss wie die Beobachterei. Aber er hätte wenigstens etwas zu tun.

Gab es noch mehr Möglichkeiten? Ihm fiel nichts ein. Sicher war: Das Rumsitzen brachte nichts. Es musste ein Plan her. Also, erst einmal zum Kaßberg. Vielleicht hatte er ja Glück. Wenn das nichts brachte, dann irgendwo beim Aufräumen helfen. Irgendetwas würde sich finden lassen. Und gleich als Erstes konnte er den Berg hinuntergehen und die Stelle anschauen, wo sie Katja gefunden hatten. Die Brücke war ja hier gleich in der Nähe. Also würde er damit beginnen, dann in die Stadt und dann schauen, was sich ergab.

Moritz stellte die Tasse auf den Tisch, zog die Schuhe an, setzte seine Sonnenbrille auf, steckte die Geldbörse ein und ging los.

Der Weg bis zur Brücke war kurz. Kaum zehn Minuten von seiner Unterkunft entfernt war Katja vielleicht gestorben. Der Weg führte von dort an der Chemnitz entlang Richtung Innenstadt. Heute war er noch nicht benutzbar. Überall war noch Schlamm, und der Weg war aufgeweicht. Auch wenn das Leben in der Stadt vom Hochwasser kaum noch beeinträchtigt war. Die Spuren würden sich noch einige Wochen finden lassen.

Moritz ging ein paar Schritte in den Park hinein. Kurz hinter der Straße war auf der linken Seite ein Sportplatz. Dann führte der Weg unter der Brücke hindurch.

Moritz versuchte sich vorzustellen, wie Katja an den Brückenpfeiler gelangt war. War sie irgendwo abgerutscht und ins Wasser gestürzt? Aber wo? Und wenn es hier geschehen war? Dann hätte sie ja nur zur falschen Zeit diesen Weg in die Stadt gewählt.

Aber das war auch unlogisch. Denn sie kam ja aus der Stadt, oder? Es war doch nach ihrer Arbeit. Mittags hatte er sie noch gesehen. Und wenn sie früher geflüchtet war?

Auf jeden Fall konnte sie nicht diesen Weg aus der Stadt genommen haben. Dann wäre sie viel weiter unten angeschwemmt worden. Sie musste schon irgendwo hier in der Gegend von Markersdorf ins Wasser geraten sein, dann war sie abgetrieben worden und am Pfeiler hängen geblieben.

Wieder erfasste Moritz diese sinnlose Trauer um einen Menschen, der er nicht gekannt hatte. Er musste weg.

Wie gehetzt rannte er zur Straße zurück, ging zur Straßenbahnhaltestelle und nahm die nächste Bahn Richtung Innenstadt.

Von der Zentralhaltestelle aus kannte er den Weg zum Kaßberg mittlerweile. Auch wenn das wenig praktisch war. Moritz ging ungern neue Wege. Die Stadt war ruhig. Moritz bummelte an den Schaufenstern vorbei und versuchte seine Gedanken zu sortieren. Es gelang ihm nur wenig. Das Bild der Brücke drängte sich immer wieder vor sein inneres Auge.

Gedankenverloren stieß er immer wieder mit Passanten zusammen, entschuldigte sich, ging weiter. Aber einer der Passanten war nicht bereit, die Rempelei einfach hinzunehmen.

Passen Sie doch auf. Sie sind hier nicht auf dem Markt. Und ich will auch nichts von Ihnen kaufen!

Moritz blieb verdutzt stehen und drehte sich um. Das konnte doch nicht wahr sein! Ihm gegenüber stand Hans. Der Glückshans, auf den er gestern den ganzen Tag gewartet hatte.

Entschuldigen Sie, stammelte er.

Ach ja? Ich soll entschuldigen? Ich glaube viel eher, dass es Absicht war!

Absicht?!

Genau!

Lassen Sie mich in Ruhe. Ich kenne Sie ja gar nicht.

Ich glaube Ihnen kein Wort! Sie beobachten mich.

Verfolgungswahn, oder? Gehen Sie doch zum Hirnklempner.

Moritz drehte sich um und ging. Mit diesem Verrückten würde er kein weiteres Wort wechseln. Woher wollte der denn wissen, dass er ihn in der Tat beobachtet hatte. Der kannte ihn gar nicht. Er musste vorsichtiger sein. Sehr viel vorsichtiger.

II

Hans ging wütend nach Hause. Er hatte in der Stadt fotografieren wollen. Jetzt hatte er keine Ruhe mehr dazu. Dieser Typ. Dauernd lief er einem über den Weg.

Als er die Wohnungstür aufschloss, hörte er ein Klappern in der Küche. Polina war also zu Hause. An ihrem freien Wochenende hatte sie wohl diesmal nichts weiter vor.

Polina? Hans öffnete die Küchentür und lehnte sich an den Türrahmen.

Ja?

Weißt du, was ich glaube?

Nein. Aber, ehrlich gesagt, interessiert mich dein Glaube gerade nicht besonders. Sie schnitt weiter Möhren auf dem Glasbrett.

Unbeeindruckt fuhr Hans fort: Ich glaube, der Marktschreier

sucht nicht nach einer Freundin in unserem Haus, sondern nach mir.

Aha. Polina war wenig beeindruckt.

Ja, er verfolgt mich!

Dich?! Warum sollte dich jemand verfolgen? Einen kleinen Fotografen, der ab und an in der Regionalzeitung veröffentlicht …

So unbedeutend bin ich nun auch wieder nicht. Und wer weiß, vielleicht verdächtigt er mich. Vielleicht habe ich irgendetwas fotografiert, was ihm gefährlich werden könnte.

Du?! Ausgerechnet du? Hansi, du bist ein lieber Kerl, ehrlich. Und eine WG mit dir ist wirklich recht angenehm. Aber dass ausgerechnet du ins Visier eines Beobachters gerätst, das halte ich für mehr als unwahrscheinlich. Ehrlich. Du bist harmloser als die Fliegen an meinen Wänden. Und dich beobachtet niemand, mal abgesehen von ein paar Mücken, die auf dein Blut scharf sind.

Polina, du nimmst mich nicht ernst. Ich sage dir, dieser Typ beobachtet mich! Und wenn du es mir nicht glaubst, dann werde ich es dir beweisen.

Hans verließ die Küche und schlug die Küchentür hinter sich zu.

Einige Sekunden war es still. Dann hörte er wieder das Klappern des Messers auf dem Schneidbrett. Polina schien wirklich nicht besonders beeindruckt von seiner These.

III

Moritz musste sich erst einmal setzen. In einem Eiscafé an der Straße fand er einen Platz. So ein Mist! Das war echt nicht geplant gewesen. Und dann kannte ihn dieser Hans auch noch! Woher eigentlich? Sie hatten sich doch noch nie getroffen! Es sei denn, der hätte mal bei ihm eingekauft. Damit musste man freilich rechnen.

Gerade bei jemandem, der so nah am Zentrum wohnte wie der. Mist, Mist, Mist. Was nun?

Die Kellnerin riss Moritz aus seinen Gedanken. Er bestellte einen Kaffee und verfiel wieder ins Grübeln. Irgendetwas musste er unternehmen. So ging es jedenfalls nicht weiter.

Vielleicht sollte er seine Theorie doch der Polizei … Nein, das kam nicht in Frage! Die hatten Katja abgeschrieben und unterstellten ihr Selbstmord. Mit denen redete er erst, wenn er alle Beweise zusammenhatte. Nein, er musste schon sehen, was mit diesem Glückshans war. Das war ja nun seine wichtigste Spur. Er musste ja lediglich herausfinden, ob dieser Hans der Täter war.

Und dazu musste er mit ihm reden.

Und er wusste ja jetzt, wo der wohnte. Und der kannte ihn offensichtlich auch. Also, warum sollte er nicht einfach hingehen und ihn zur Rede stellen. Das war das Einfachste. Wenn auch vielleicht ein bisschen gewagt – jedenfalls wenn er wirklich ein Mörder war.

Nur wer wagt, gewinnt. Auf in den Kampf. Schwiegermütter waren keine mordenden Gärtner, und ein Fotograf … na ja, der war vielleicht kein Serienmörder. Außerdem hatte er irgendwo gelesen, dass Täter erstens an den Ort des Geschehens zurückkehrten und zweitens eigentlich über ihre Tat reden wollten, um sich zu entlasten. Warum also nicht … Dieser Hans konnte ja mit *ihm* reden. Die Frage war nur: Wo? In der Weststraße oder an der Brücke? Das waren jedenfalls die Orte, die sie verbanden. Fangen wir in der Weststraße an, dachte Moritz.

Er bezahlte seinen Kaffee und ging.

IV

Hans beruhigte sich allmählich. Er überlegte, wie er diesen Typen überführen und Polina beweisen könnte, dass er nicht an Verfolgungswahn litt. Einen Gegner schlug man mit den eigenen Waffen, wenn man die kannte – oder mit dem, was man selbst am besten konnte. Und das war, was ihn betraf, zweifelsohne das Fotografieren. Also, wieder Zeit für die kleine Kamera. Sie war schnell im Auslösen und fiel kaum auf. Sah nach typischer Touristenknipse aus. Allerdings mit einem ausklappbaren Display. So konnte er ohne Verrenkung aus der Hüfte fotografieren. Sehr praktisch in diesem Falle.

Also los, auf in die Innenstadt. Er würde den Typen schon finden.

Hans zog eine leichte Jacke über und steckte die kleine Kamera in die Tasche. Dann verließ er das Haus.

Hans und Moritz

Sonntag, 5. Juli

I

Die Bahnen fuhren wieder die alten Strecken. Moritz entschied, bis zur Zentralhaltestelle zu fahren, durch die Innenstadt zu bummeln und dann über die Bierbrücke zum Kaßberg zu gehen. Wenn es schon eine Brücke gab, die so hieß, dann musste er sie nutzen. Moritz lief am Rathaus und an der Jakobikirche vorbei. Er wollte über den Getreidemarkt gehen und dann die kleine Brücke überqueren. Dort war aber noch gesperrt. So musste er zur Kaßbergauffahrt und an der Hauptstraße die Ampel nutzen.

An der Ampel standen sie sich dann gegenüber. Moritz auf der einen, Hans auf der anderen Seite. Dass dies keinesfalls ein Zufall sein konnte, war beiden klar. Moritz lehnte sich an die Ampel. Sollte er doch rüberkommen, der Herr Fotograf. Er würde ihm schon erklären, was er wollte.

Hans überlegte, ob er ebenso stehen bleiben sollte. Es war auf jeden Fall besser, wenn der Marktschreier zu ihm käme, als andersherum. Wer gab nach? Moritz fühlte sich an die Pisswettbewerbe seiner Jugend erinnert. Wer schaffte den besten Bogen? Aber war er nicht aus diesem Alter raus?

Eine Ampelschaltung lang standen sie sich gegenüber, keiner bereit nachzugeben. Dann überquerte Hans die Straße. Das hier war ihm einfach zu blöd.

Also, was willst du? Du willst zu mir?

Kann man so sagen, antwortete Moritz. Du willst zu mir und ich zu dir.

Ich will wissen, warum du hier herumschleichst. Und ja, ich wollte wissen, was du für einer bist. Ist ja wohl mein gutes Recht. Wenn du mich schon aus unerfindlichen Gründen beobachtest.

Moritz sah Hans an. Er wusste, er müsste jetzt wütend sein, müsste ihn zur Rede stellen, müsste nun herausfinden, wie er Katja umgebracht hatte. Aber dieser Fotograf wirkte so ganz anders als seine Bilder. Irgendwie harmlos. Nicht wie ein Mörder. Jedenfalls nicht so, wie er sich einen vorstellte. Er kratzte sich am Ohr. Was sollte er sagen?

Also? Hans sah Moritz in die Augen. Rede. Ich will's wissen.

Genau genommen wollte ich wissen, ob du diese Katja kanntest.

Katja? Wie kommst du denn auf die? Ja, klar kannte ich sie. Wenn du auf meiner Website warst, dann hast du ja gesehen, dass ich mit ihr eine Serie gemacht habe. Also werde ich sie ja wohl gekannt haben.

Und weiter?

Was weiter?

Na, was war da?

Na, nichts war da! Ich habe sie fotografiert und bin bezahlt worden für die Fotos.

Nichts weiter?

Nein, nichts weiter.

Komisch nur, dass sie jetzt tot ist.

Und?! Was soll das eine mit dem anderen zu tun haben?

Sag du's mir!

Ich? Ich soll dir sagen können, warum Katja einen Unfall hatte? Spinnst du?

Ich? Träum weiter! Ich war auf deiner Website. Ich habe gesehen, was du für Fotos machst. Die Fotos mit Katja waren zwar ziemlich brav. Aber das war eine heiße Braut. Und bei deinen Fotos. Da weiß ich doch, was in deinem Kopf da abgeht.

So, weißt du. Interessant. Möchte nur anmerken: Was da abgeht, das ist in deinem Kopf.

Ihr Fotografen, ihr seid doch alle ...

Schwul?

Nein ...

Ach.

Na, weißt schon. Eben anders.

Und das heißt?

Na, das heißt, dass ich nicht an einen Unfall glaube. Diese Katja war an dem Tag, als sie starb, an meinem Wagen. Eine solche Frau hat keinen Unfall. Nein, das glaube ich nicht.

Aha, du bist besser als die Polizei.

Das will ich nicht sagen. Aber die Polizei hat halt nicht die Informationen, die ich habe. Und ich kenne deine Website.

Sagen wir es mal ganz offen: Du meinst also, dass ich ein perverses Arschloch bin und auf die Frauen stehe, die ich fotografiere.

Wenn du das so sagst ...

Du bist ja vollkommen irre.

Also okay, sagte Moritz, nehmen wir also mal an, nehmen wir mal für fünf Minuten an, dass du kein perverses Arschloch bist.

Ich bin kein perverses Arschloch, Typ.

Ich bin ja bereit, das mal anzunehmen. Wobei du mir das noch beweisen musst. Das ist ja wohl klar.

Hans verdrehte die Augen.

Gut, also, du bist ein beinahe normaler Mensch, der lediglich die Vorliebe hat, Frauen abzulichten. Okay. Aber wer, mein Freund, hat Katja dann umgebracht?

Erstens: Ich bin nicht dein Freund. Zwischen perversem Arschloch und Freund gibt es Zwischenstufen. Zweitens: Wie kommst du eigentlich darauf, dass Katja umgebracht wurde? Es war Hochwasser, die ganze Stadt im Ausnahmezustand, und sie ist ertrunken. Das ist scheiße, das geb ich zu. Und ich hab ein eher dummes, aber immerhin tolles Model verloren – mal abgesehen von den Leuten, die in ihr noch ganz was anderes verloren haben. Aber, hey, Großklappe, das passiert. Und es gibt keinen Anhaltspunkt dafür, dass sie umgebracht wurde. Nicht einen – außer denen in deinem Kopf. Und wenn du's recht bedenkst: Vielleicht solltest du mal darüber nachdenken, wer hier ...

Moment, Moment. Wir wissen nur noch nicht, wer sie warum wie umgebracht hat. Dass die Bullen nichts mehr unternehmen, ist klar, wenn sie keinen richtigen Anlass sehen. Aber du und ich, wir wissen doch, dass die liebe Katja gar keinen Grund hatte, sich selbst ... na ja ... Moritz zog mit der Hand eine Linie vor seinem Hals. Weißt schon.

Ich weiß. Aber genau das wissen wir doch gar nicht. Die Polizei sagt: Unfall.

Nie und nimmer glaub ich, dass diese Frau einen Unfall hatte. Vielleicht war da oberhalb des Halses nicht so viel. Aber das ist ja bei einer Frau auch kein Schaden. Ne, ne, ich sage dir, da ist mehr im Busche. Und wir werden das herausbekommen.

Wir?

Wenn du sie nicht umgebracht hast, dann zeig mir, dass es anders war.

Hier?

Nein, natürlich nicht hier.

Hans dachte nach. Irgendetwas in ihm gab dem Marktschreier recht. Selbstmord war undenkbar bei Katja. Und ein Unfall? Sie mochte etwas naiv gewesen sein, aber so schlimm dann doch nicht, dass sie bei strömendem Regen auf eine Wiese oder auf einen Weg gegangen wäre, der immer überflutet wurde, selbst bei reichlich drei Tropfen im Hochsommer. Sie kannte die Stadt, sie kannte den Park. Und egal was sie dort unten wollte, dass sie sich ganz freiwillig bei diesem Wetter dort aufgehalten hatte, das war mindestens unwahrscheinlich.

Sie kann jedenfalls nicht von der Arbeit gekommen und dort ertrunken sein. Das ist ja wohl mal klar. Das war die falsche Richtung.

Ehrlich gesagt, weiß ich gar nicht so genau, in welchem der Ämter sie eigentlich gearbeitet hat, ob im Rathaus oder in einem der Bürgerzentren. Keine Ahnung. Ich denke, sie war beim Kulturamt. Aber ganz sicher bin ich mir nicht. Aber ich habe keine Lust, mich mit dir hier weiter zu unterhalten. Komm morgen zu mir. Dann schauen wir weiter.

Okay. Gegen elf kann ich kommen. Ich habe Urlaub. Und versuch nicht abzuhauen. Ich finde dich! Ich hab gerade Zeit.

Hans tippte sich an den Kopf. So ein irrer Typ. Verbrachte seinen Urlaub mit einer Verbrecherjagd. Dann drehte er sich um und ging zurück Richtung Weststraße.

Moritz wollte an der Zentralhaltestelle die Straßenbahn Richtung Markersdorf nehmen.

Von beiden unbemerkt löste sich eine Gestalt von einer der Fußgängerampeln. Er hatte den beiden interessiert gelauscht. Sie hatten laut genug gestritten, dass man das meiste verstehen konnte.

Montag, 6. Juli

I

Also, ich gebe dir die ultimative Chance, dich reinzuwaschen, sagte Moritz statt einer Begrüßung, als er die Wohnung betrat.

Tolle Begrüßung. Komm rein.

Wohnst du allein hier?

Geht dich das was an?

Du hast die Chance, mir zu zeigen, dass du nicht pervers bist. Klar geht mich das was an.

Wieso mache ich das eigentlich?, stöhnte Hans.

Weil du es wissen willst? Weil du ein schlechtes Gewissen hast? Sag's mir! Du hast die Chance!

Du! Gibst! Mir! Die! Chance! Hans schlug die Tür hinter Moritz zu. Sag mal, bist du noch ganz dicht? Du kommst hierher mit unglaublichen Unterstellungen, vom Perversen bis zum Mörder alles dabei. Und dann erwartest du, dass ich dich bei deinen privaten Ermittlungen gegen unbekannt unterstütze? Sag mal, geht's noch? Ich muss dir gar nichts beweisen. Gar! Nichts! Klar?

Okay, Junge, reg dich ab. Moritz aus Sachsen schießt manchmal übers Ziel hinaus. Aber ich seh's dir doch an. Du willst genau wie ich wissen, was passiert ist und wer daran schuld ist. Ich kannte das Mädel nicht. Aber allein ihr Aussehen verpflichtet mich dazu.

Aussehen. Verpflichtet. Du läufst wirklich im Quadrat, Mannomann. Aber ja, du hast recht. Ich gebe es zu. Es würde mich interessieren, was da war.

Gut. Dann wäre das so weit klar. Moritz klatschte in die Hände. Womit fangen wir an? – Am besten mit deinen Fotos. Stell dir vor, was das für eine Sensation wäre: Auf deinem Foto ist ihr Mörder.

Träum weiter.

Du wirst reich. Und berühmt. Du hast Aufträge ohne Ende. Reisen um die Welt. Mallorca, Malediven.

Erzähl keinen Blödsinn. Aber deine Idee ist gut. Schauen wir die Fotos durch. Vielleicht fällt uns dabei etwas auf. Mein Zimmer ist da hinten.

Moritz folgte Hans in das Zimmer. Sie setzten sich vor den Rechner. Hans suchte den Ordner mit der Serie über die Stadtverwaltung.

Jetzt kannst du mal sehen, was harte Arbeit ist.

Harte Arbeit? Das ist ein Tag in meinem Wagen.

Schauen wir mal, ob du das heute Nachmittag auch noch sagst. Die nächsten Stunden sind wir jedenfalls beschäftigt.

Hans öffnete das erste Bild.

II

Die nächsten Stunden verbrachten sie damit, Bild um Bild anzusehen. Ähnliche Einstellungen, immer wieder. Irgendwann schmerzte Moritz der Kopf. Er konnte die Bilder kaum noch unterscheiden und hätte sich am liebsten auf den Boden gelegt und geschlafen.

Ich brauche eine Pause.

Ach, schon?

Ich gebe zu, es ist Arbeit. Pause?

Okay, Pause. Willst du einen Kaffee?

Gern.

Hans ging in die Küche, um Kaffee zu kochen.

Moritz schaute noch einmal auf die letzten Bilder. Einige der

Leute tauchten immer wieder auf. Vermutlich waren das alles Leute von der Stadtverwaltung. Einer stand auf mehreren Bildern ganz hinten. Irgendwie sah es so aus, als ob er nicht gesehen werden wollte. Hans hatte ihn wohl nur so erwischt. Ob Hans die Leute kannte, die auf den Bildern waren? Durfte er sie einfach so fotografieren? Das musste er mal fragen.

Als Hans zurückkam, setzen sie sich ans Fenster. Hans legte die Füße auf die Heizung, Moritz tat es ihm nach. Es war beinahe gemütlich.

Zwanzig Minuten später saßen sie wieder vor dem Rechner.

Sag mal, kennst du eigentlich alle Leute, die auf den Bildern sind?

Kennen? Nein. Allerdings waren die Aufnahmen zur Veröffentlichung bestimmt. Da es kein öffentlicher Raum ist und auch keine öffentliche Veranstaltung, bei der mit Fotos zu rechnen ist, müssen die Leute einer Veröffentlichung zustimmen. Im öffentlichen Raum muss ich nicht in jedem Fall fragen, aber deutlich machen, dass ich das Bild zum Beispiel aus dem Netz nehme, wenn jemand der Veröffentlichung widerspricht.

Und bei den Bildern hier?

Die Bilder, die dann veröffentlicht wurden, hat die Stadtverwaltung ausgewählt. Und da ist jeder gefragt worden, der zu erkennen war. Ich habe aber natürlich mehr Bilder auf dem Rechner. Wenn man die verwenden wollte, müsste man wiederum fragen. Das mit den Persönlichkeitsrechten ist immer schwierig. Da wird auch gern mal geklagt. Ein Bekannter ist mal verklagt worden. Er hätte ein Bild veröffentlicht, und die Person habe nicht zugestimmt. Als er das Bild zugesandt bekam, war seine Tante drauf. Aber das musste er dann trotzdem nachweisen. Den Stress und den Ärger kannst du dir ja vorstellen.

Hm. Und wenn wir die Bilder durchgehen, kannst du dann mit Sicherheit sagen, wer dazugehört und wer nicht?

Auf den meisten Bildern schon.

Und ist dir da jemand aufgefallen?

Bisher nicht. Das hätte ich doch gesagt. Ich suche doch nicht zum Spaß stundenlang mit dir!

Okay. Also, ich zeig dir mal was.

Moritz zeigte Hans die Bilder, auf denen dieser Kerl am Rand stand.

Das ist interessant, sagte Hans. Der gehört nicht dorthin. Aber ich kenne ihn. Was macht der auf diesen Bildern?

Wer ist das?

Ach, das ist ein Kontrolleur. Der hat mich mal abkassiert. Gab gar keinen Grund dafür. Seither haben wir einen Privatkrieg. Er kontrolliert mich immer, wenn er mich trifft. Ich fotografiere ihn dafür immer, wenn er's nicht bemerkt. Ich habe eine hübsche Sammlung. Ist natürlich nicht zur Veröffentlichung. Das ist wirklich ein kleiner privater Kampf.

Scheinst du ja gern mal zu machen.

Wieso? Hans sah Moritz irritiert an. Ach, weil ich dir da entgegenkam. Ja, in der Tat, du hast es auf meine Kampfliste geschafft.

Und wieder herunter!

Und wieder herunter.

Was meinst du, was er da macht?

Ich würde sagen, er beobachtet jemanden.

Dich?

Könnte sein. Dass er sich so um mein Berufsleben kümmert, wusste ich nicht. Kennt er also sogar meinen Namen.

Und wenn er gar nicht dich meinte, sondern jemand anderen? Du sagst, er beobachtet dich? Vielleicht beobachtet er ja auch noch andere Leute.

Andere?

Na, Katja zum Beispiel.

Katja … Das scheint mir aber doch etwas weit hergeholt.

Hatte Katja eigentlich einen Macker? Du hast doch viel mit ihr geredet.

Ja und nein. Sie hatte einen Kerl. Aber mit dem war sie irgendwie nicht richtig glücklich. Sie hat nur wenig darüber gesagt. Aber es klang verdächtig nach Trennung.

Könnte man herausbekommen, wer das war?

Sicher. Müssen wir nur zur Beerdigung gehen. Dann sehen wir ja, wer kommt.

Wolltest du da hin?

Ja, schon.

Du erfährst also auch den Termin.

Ich denke schon. Habe da so meine Quellen.

Na ja, dann befrag mal deine Quellen. Und ich könnte dich ja zur Trauerfeier begleiten.

Als mein Freund? Spinnst du gerade wieder?

Wäre dir das unangenehm? So schlecht sehe ich ja nun nicht aus.

Spinner. Ich stehe nicht auf Männer.

Ja, ja. Aber hast Glück gehabt, ich auch nicht. Ich stehe auf Frauen wie Katja. Und deshalb will ich wissen, was da war. Red mal mit deinen Quellen!

Könnte ich versuchen. Und was machst du?

Ich schaue mal, dass ich etwas über diesen Kontrolleur erfahre. Mich kennt kaum einer. Und wenn, dann bin ich der dumme laute Marktschreier. Glaub mir, bei diesem Image erzählen dir die Leute alles. Moritz sah auf seine Uhr. Es ist jetzt gleich drei. Könnte ich noch was in Erfahrung bringen.

Na, dann ... Ich gebe dir meine Handynummer. Dann können wir uns absprechen, wie wir weitermachen. Ich hätte es nicht gedacht, aber: Jetzt interessiert es mich auch, ob und was in ihrem Leben passiert ist. Obwohl es schon wirklich irre ist, danach zu suchen.

Hans brachte Moritz an die Tür. Dann ging er zurück in sein Zimmer, schaute noch einmal auf die Bilder und begann eine Mail zu schreiben.

II

Hallo Elvira,

in der Zeitung habe ich von dem schrecklichen Unfall gelesen. Du weißt ja, dass ich mit Katja tolle Fotos gemacht habe. Wir wollten eigentlich auch eine Serie mit ihr machen. Sie war als Model wirklich begabt. Nun ist sie auf einmal nicht mehr da. Ich kann's noch gar nicht fassen.

Ich habe die ganzen letzten Tage überlegt, was ich vielleicht für sie tun könnte. Nun wollte ich gern einen Artikel auf meinen Blog stellen, auch mit ein paar Bildern von Katja, die wir als Testbilder gemacht haben. Aber das möchte ich nicht tun, ohne mit den Angehörigen oder mit ihrem Lebenspartner zu reden.

Weißt du da was Genaueres? Sie hat nur erzählt, dass da jemand ist.

Herzliche Grüße
der Hans

Kaum dreißig Minuten später erhielt er eine Antwort:

Hi Hans,

das ist eine tolle Idee. Ja, das hätte Katja gefallen. Und sie wäre begeistert gewesen, dass du sie als Model toll findest.

Wir sind auch alle noch vollkommen geschockt von dem, was da passiert ist. Und es kann sich auch gar keiner vorstellen, wie das zugegangen sein soll. Sie wohnte seit einigen Wochen auf dem Kaßberg bei ihrem Freund. Wie sie nach Markersdorf geraten ist, noch dazu bei diesem Wetter, das frage ich mich immer wieder. Aber es ist nun einmal geschehen. Das ganze Herumrätseln bringt nichts.

Du wolltest wissen, wen du fragen kannst: Also, Katjas Mutter ist schon vor ziemlich langer Zeit gestorben. Sie hatte eine Stiefmutter, die sie sehr mochte. Ihr Vater ist ja schon älter. Er ist dement und lebt im Pflegeheim. Also, du müsstest wohl die Stiefmutter fragen.

Wie das mit dem Freund ist, kann ich dir auch nicht sagen. Mister Geheimnisvoll (so hat sie ihn immer genannt) mochte es nicht, wenn sie über ihn sprach. Sie hat ihn erst im Herbst kennengelernt. Muss alles sehr schnell gegangen sein. Jedenfalls hat er Anfang des Jahres darauf bestanden, dass sie zu ihm zieht. Und das hat sie dann wohl auch gemacht.

Aber, ehrlich gesagt, richtig glücklich wirkte sie nicht auf mich. Keine Ahnung, was die beiden verbunden hat. Ich hätte nicht gedacht, dass Katja sich mal so schnell bindet. Noch dazu an einen Mann, den sie kaum kennt. Sie war zwar immer sehr heiter und hat unablässig geschwatzt (na, das kennst du ja bestens), aber was Männer angeht, da war sie eher vorsichtig.

Vielleicht lag das daran, dass ihre Eltern schon so alt waren, als sie sie bekamen, und unglaublich auf sie aufgepasst haben. Keine Ahnung. War jedenfalls echt merkwürdig.

Aber langer Rede kurzer Sinn: Diesen Mister Geheimnisvoll musst du nicht fragen. Von dem weiß ich auch nur, dass er irgendwie bei der Straßenbahn arbeitet. Ich weiß keinen Namen. Und vorgestellt hat sie ihn mir auch nicht. Dabei waren wir befreundet!

Die Stiefmutter ist nett, manchmal ein bisschen energisch. Aber mit der kann man reden. Und ich könnte mir vorstellen, dass sie sich sehr freut, wenn du Katja und ihr Leben würdigst. So erhält sie wenigstens nicht nur einen Platz auf dem Friedhof. Echt, ich wüsste keine, die weniger auf einen Friedhof passt als Katja – außer in schwarzer Robe und als Model.

Alles so traurig.

Das erst einmal als schnelle Antwort. Frag mich gern, wenn du weitere Infos brauchst. Nett, dass du an mich gedacht hast. Wenn es das Amt betrifft, muss ich freilich unter Umständen fragen, ob ich etwas weitergeben darf.

Dir alles Liebe
Elvira

Hallo Elvira,

toll! Danke für deine Antwort.

Hast du noch eine Telefonnummer für mich? Dann könnte ich die Stiefmutter anrufen.

Und ist schon klar, wann die Trauerfeier stattfindet?

Grüße vom Hans

Hi Hans,

klar. Nimm die 015555555555. Da meldet sich eine Frau Mrawitz. Lass dich nicht abschrecken. Ich kenne sie schon lang (war meine Grundschullehrerin). Wie gesagt: Ist ein bissel energisch, aber eigentlich nett. Man darf sich nur nicht gleich abwimmeln lassen.

Katja ist wohl freigegeben. Trauerfeier ist bereits nächste Woche am Dienstag, 13 Uhr, auf dem Schlossfriedhof. Ich glaube, die Stiefmutter wohnt irgendwo auf dem Schlossberg.

Bis denne, mit lieben Grüßen
Elvira

Das war immerhin eine Spur. Mit der Stiefmutter musste er auf jeden Fall bald reden. Komisch, dass Mister Geheimnisvoll bei der Straßenbahn arbeitete. Der Kontrolleur war sicherlich bei einer anderen Firma angestellt. Aber er hatte zumindest auch etwas mit diesem Bereich zu tun.

III

Moritz stand an der Zentralhaltestelle und sah sich um. In der Rathausstraße 7 sollte seiner App zufolge das Mobilitätszentrum sein. Dort gab es auch das Zentrum für erhöhtes Beförderungsentgelt. Namen hatten die jetzt überall. Unfassbar. Man musste einen Hochschulabschluss haben, um sich so was auszudenken. Wie hieß das früher? Als es noch der VEB Nahverkehr war? Wahrscheinlich schnöde Fahrkartenverkauf.

Moritz stand beinahe vor dem Eingang. *Chemnitz-Plaza* stand groß am Haus. Noch so ein umwerfender Name. Vielleicht sollte er das in seine Aktionen einbinden? Kaufen Sie bei Moritz-Plaza Wurst und Würstchen aus El-Sachsa. Klang gut. Musste er sich merken.

War eines der typischen modernen Einkaufs- und Bürogebäude. Ein renovierter, neu verkleideter Altbau, der früher einem anderen Zweck diente. Das Haus hätte in jeder Stadt stehen können. Nun stand es eben in Chemnitz. Gegenüber war gleich der nächste Einkaufsstempel. Manchmal wunderte sich Moritz, dass überhaupt einer der Läden längere Zeit durchhielt. Da war er mit seinem Wagen besser dran. Er fuhr zum Markt und dann weiter zum nächsten. Wenn es mal nicht so lief, dann war es zwar ärgerlich. Aber es gab immer die Chance auf einen besseren Tag am neuen Platz. Hier war man eingepfercht und festgelegt. Das wäre nichts für ihn gewesen.

In der Geschäftsstelle begrüßten Moritz einige Werbeplakate. Ein gutaussehender Mann zeigte einer attraktiven Dame den Weg, ein Großvater fuhr mit seinem Enkel in der Bahn. Die Bilder hätten von Hans sein können. Wo waren die Zeiten seiner Kindheit, als man noch in den Tatra-Straßenbahnen durch die Stadt rumpelte?

An einem der Schalter sprach er den Mitarbeiter an:

Entschuldigen Sie bitte, ich habe da ein Problem. Ich hatte vor einiger Zeit eine Begegnung mit einem Ihrer Kontrolleure.

Die Stelle für erhöhtes Beförderungsentgelt ist nebenan.

Ja, ich habe ja schon gezahlt. Ich wollte nur fragen, ob ich mit diesem Herrn Kontakt aufnehmen könnte. Es ist nämlich so. Ich hatte einen sehr schönen Stift. Der war ein Geschenk. Da steht mein Name drauf. Und ich habe mit dem Stift unterschrieben, aber dann, in der Aufregung, habe ich ihn Ihrem Mitarbeiter gegeben. Und nun hätte ich den gern wieder. Das können Sie sicher verstehen.

Der Mann auf der anderen Seite der Barriere sah Moritz zweifelnd an. So ganz überzeugend wirkte er offensichtlich nicht als zerstreuter, reumütiger Schwarzfahrer.

Da kann ich Ihnen leider nicht weiterhelfen. Wir geben grundsätzlich keine Daten unserer Mitarbeiter weiter. Wenden Sie sich an das Fundbüro. Möglicherweise ist Ihr Stift dort abgegeben worden.

Das Wort »Stift« betonte er beinahe verächtlich. Dass ein Mann wie Moritz einen Stift so wertvoll fand, war anscheinend auch nicht überzeugend. Moritz wollte aber nicht so schnell aufgeben.

Vielleicht kann ich dem Herrn eine Nachricht hinterlassen?

Haben Sie denn einen Namen?

Leider nein. Aber ich kann ihn sehr gut beschreiben! Wissen Sie: Er ist nicht so sehr groß, ziemlich blass, auffällig helle Haare. Und seine Finger sind ein bisschen fleischig. Und er nimmt seine Arbeit wirklich sehr ernst. Sehr!

Ah, der Martin! Ja, den kenne ich gut. Ich glaube, den kennt jeder von uns. Ja, ein ausgesprochen beflissener Kollege. Merkwürdig, dass er Ihren Stift eingesteckt hat. So etwas habe ich von ihm noch nie gehört.

Ist ja auch nicht so schlimm. Wenn ich den nur wiederbekomme.

Also, wenn der Martin den Stift wirklich eingesteckt haben sollte, dann bin ich mir sicher, dass er ihn ins Fundbüro gebracht hat. Er würde niemals etwas behalten, was ihm nicht gehört. Da ist er absolut penibel. Aber es kann auch sein, dass er Ihnen den Stift zusendet. Wenn ich Sie so reden höre: Sie kommen ja wohl nicht von hier.

Nein, das ist wahr.

Na, dann fahren Sie beruhigt nach Hause. Ihr Stift erwartet Sie dort schon. Da bin ich mir sicher. Und wenn nicht, dann fragen Sie einfach im Fundbüro. Ich gebe Ihnen die Nummer.

Er schrieb eine Nummer auf einen Zettel und reichte ihn Moritz.

Danke.

Moritz fiel nichts mehr ein, was er noch hätte sagen können. Mit dem Zettel in der Hand verließ er das Zentrum.

Was nun?, fragte er sich. Hoffentlich hatte Hans mehr Erfolg. Mit einem Vornamen und der Beschreibung »sehr korrekt« kamen sie ja wohl noch nicht weiter.

So langsam hatte Moritz Hunger. Er nahm die nächste Straßenbahn der Linie 5 und kehrte nach Markersdorf zurück. Heute Abend würde er dann noch mit Hans telefonieren. Sie mussten überlegen, wie es weitergehen sollte.

IV

Hi, hier ist Moritz, wie schaut's aus?

Ganz gut. Hab die Adresse der Stiefmutter von Katja. Ist nicht weit von hier. Das Gespräch war etwas schwierig. Sie ist Grundschullehrerin. Wenn du dich mal wieder wie ein Schüler fühlen willst, dann gebe ich dir gern ihre Nummer. Ich hab gesagt, ich schreibe über Katja einen Beitrag für meinen Blog. Immerhin hat sie sich mit mir verabredet. Und bei dir?

Ach, nichts. Es gibt einen Typen, auf den die Beschreibung passt. Der kontrolliert wirklich und soll sehr gewissenhaft sein. Na ja, das wussten wir nun auch schon. Soll Martin heißen.

Martin? Echt? Das ist komisch. Die Mutter hat mir heute am Telefon auch etwas von einem Martin erzählt.

Denkst du, dass es derselbe Martin ist? Den Namen gibt's ja nun häufiger.

Schauen wir mal. Vielleicht ist das unser Mister Geheimnisvoll. Die Beerdigung ist übrigens nächste Woche Dienstag. Da hast du ja noch Urlaub. Plan das schon mal ein.

Okay. Na, da warst du ja richtig erfolgreich mit deinen Quellen.

Ja, man tut, was man kann. Ich melde mich morgen, wenn ich von der Mutter komme. Was hast du vor?

Ich weiß noch nicht recht. Ich könnte ja mal mit der Straßenbahn durch Chemnitz fahren. Vielleicht treffe ich auf den Kontrolleur. Ich weiß ja jetzt, wie er aussieht.

Na, nimm doch meine kleine Unterwegs-Knipse mit. Die ist ganz einfach. Kein Fotografen-Klimbim. Macht keine besonderen Bilder. Aber so für den Hausgebrauch.

Das ist eine gute Idee. Ich hole sie morgen nach dem Frühstück ab.

Komm nicht zu spät. Du weißt, ich muss zur Frau Lehrerin!

Jo, bis dann!

Dienstag, 7. Juli

I

Moritz freute sich wie ein kleiner Junge auf den Tag in der Straßenbahn. Er war früh aufgewacht, blieb im Bett liegen und dachte an seine Kindheit: Schon immer hatte er das einmal machen wollen, Straßenbahnfahren, einfach so. Als er noch ein Kind war, hatte er in jeder Stadt die Straßenbahnen fasziniert betrachtet. Aber er war selten in der Stadt gewesen. Die Eltern mussten sich um den Hof kümmern, Tiere versorgen, auf dem Feld arbeiten. Und die Kinder hatten mitzuhelfen. Natürlich gab es in der LPG regelmäßig Urlaub, sogar im Sommer. Aber dann war ja immer noch der eigene Hof da. Die paar Kühe, die noch im Stall standen, das Pferd. Und die Eltern fuhren ohnehin nur sehr ungern aus dem Dorf weg. Irgendwann fühlte sich das für Moritz wie ein Gefängnis an. Er musste da raus, musste unterwegs sein, frei sein. Der Truck war eine Art Freiheit. Nirgendwo war er ganz zu Hause. Klar, etwas mehr Ruhe wäre jetzt manchmal schon ganz gut gewesen. Aber meist genügte ihm ein Zimmer wie dieses hier, vorübergehend. Und dann war er wieder auf der Piste. Heute also quer durch Chemnitz.

Moritz griff nach seinem Handy auf dem kleinen runden Nachttisch und suchte im Internet nach Seiten zur Geschichte der Straßenbahn in Chemnitz. Es gab fünf Straßenbahnlinien, einige Buslinien und eine City-Bahn, mit der man bis nach Stollberg fahren konnte. Die Bahnlinien führten interessanterweise vor allem in Richtung Südwesten, Süden und Südosten. Den nördlichen Bereich konnte man eher mit einem Bus erreichen.

Die Straßenbahnzeit in Chemnitz reichte bis in die Zeit der

Pferdebahn zurück: 1879 gab es die erste Pferdebahn, passend für eine so aufstrebende Stadt, 1893 bereits die elektrische. 1900 gehörte Chemnitz zu den reichsten Städten Deutschlands. Was für eine Vergangenheit. Davon hatten zwei Weltkriege und die Zeit als Karl-Marx-Stadt in der DDR nicht viel übrig gelassen. Jetzt bemühte man sich wieder sehr um die Stadt, pflegte die Parks, rühmte die Villa Esche, warb für die Felsendome und das Wasserschloss Klaffenbach, für die Majolikahäuser auf dem Kaßberg und die Fachwerkhäuser in Schloßchemnitz. Und dann gab es noch den Maler Schmidt-Rottluff. Chemnitz war offensichtlich mehr als Maschinenbau und die Neubauten hier im ehemaligen Fritz-Heckert-Gebiet. Allerdings konnte man sich auch in den Neubauten wohlfühlen. Moritz jedenfalls genoss die Ruhe in seinem Zimmer. Vielleicht war die Freude an der Ruhe das letzte Überbleibsel aus seiner Kindheit auf dem Dorf.

Es war Zeit aufzustehen, die Kamera abzuholen und die Fahrt durch die Stadt zu beginnen.

II

Hans wartete auf Moritz. Zwar kannten sie sich nun schon ein paar Tage. Aber was war das schon? Konnte man sich auf ihn verlassen? War er pünktlich? Würde er die Kamera unbeschadet zurückbringen? Hatte er sich da nicht zu schnell auf einen vollkommen Fremden eingelassen? Hans bezweifelte, dass das alles so gut war.

Polina hätte gesagt: Vertrau deinem Gefühl. Solcher Frauenunsinn. Was sollte das sein? Man erkannte, ob einer verlässlich war, oder man erkannte es nicht.

Ungeduldig sah Hans immer wieder aus dem Fenster. Endlich bog Moritz um die Ecke an der Kirche. Es war ja noch Zeit, und es war auch nicht weit bis Schloss. Aber zu einer Grundschullehrerin kam man nicht zu spät. Nicht wenn man mit ihr noch ein ordentliches Gespräch führen wollte.

Er griff nach der Kamera, seiner Tasche und ging Moritz entgegen.

An der Haustür reichten sie sich kurz die Hand. Moritz nahm die Kamera. Hans holte sein Fahrrad aus dem Keller. Ein neuer Tag der Recherche begann.

III

Als Hans aus der Tür trat, hatte er den Eindruck, beobachtet zu werden. Frauenunsinn. Schon zum zweiten Mal kam ihm dieser Gedanken an diesem Tag. Es war eine Art Schatten und das Gefühl, dass jemand anwesend war. Unheimlich.

Hans sprang aufs Rad und trat kräftig in die Pedale. Er musste diese Recherche hinter sich bringen. Das alles tat ihm nicht gut. Rumspionieren war einfach nichts für ihn.

Die Lehrerin wohnte in einer Nebenstraße in der Nähe des Küchwalds. Es war ein altes Haus, aus der Gründerzeit, vermutete Hans. Wie alle Häuser in der Straße war auch dieses renoviert und machte einen gepflegten Eindruck.

Der Stadtteil wirkte völlig anders als der Kaßberg. Hans kannte vor allem die Straßen am Schlossberg. Hier in der Nähe des Parks hatte er an einigen Stellen das Gefühl, sich durch ein Dorf zu bewegen.

Hans klingelte und wurde eingelassen. Frau Mrawitz wohnte im dritten Stock. Sie begrüßte ihn an der Tür und führte ihn dann in eine kleine, äußerst saubere und gepflegte Wohnung. Alle Pflanzen schienen einen Grundschulabschluss zu haben, so brav wuchsen sie.

Auf dem Teetisch am Fenster war für zwei Personen gedeckt. Frau Mrawitz war blass und schien wenig geschlafen zu haben. Dennoch war sie korrekt gekleidet. Ihr Kostüm saß exakt. Die Haare waren frisch frisiert und wiesen keine einzige graue Strähne auf. In ihrer Hand zerdrückte sie ein kleines weißes Taschentuch. Obwohl sie sichtlich unter der Situation litt, hatte sie es sich nicht nehmen lassen, für ihren Gast einen Kuchen zu backen.

Hans hatte ein schlechtes Gewissen. Da trat er einfach so in ihre Welt ein, wollte sie ausfragen und herausbekommen, was mit Katja geschehen war, dabei war diese Frau die eigentlich Leidtragende. Sie hatte Katja geliebt. Sie hatte sie gekannt, als sie ein kleines Mädchen war, und sich für sie sicher eine gute Zukunft erhofft. All das gab es nicht mehr. Keine lachende und schwatzende Katja, keine Enkel, die um ihre Beine strichen. Sie war allein, eine Stiefmutter, der manche vielleicht noch nicht einmal die Trauer zugestanden. Sie war ja nur die Stiefmutter. Und ihr Mann lebte in seiner eigenen Welt.

Hans setzte sich zögernd auf die Kante des Stuhls, den ihm Frau Mrawitz anbot.

Möchten Sie Kaffee oder Tee? Ich habe aber leider nur Krümelkaffee. Sie wissen schon, so zum Aufgießen. Ich selbst trinke nur grünen Tee.

Ach, das ist mir egal. Ich kann auch gern grünen Tee trinken. Ich breche hier so in Ihre Welt ein. Ich möchte wirklich keine Umstände machen.

Ach, wissen Sie, das macht mir keine Umstände. Ich bin froh, dass Sie da sind. Man behandelt mich wie ein zu dünnes Glas. Übervorsichtig. Das ist sehr unangenehm. Sie straffte die Schultern. Also, bitte entscheiden Sie sich: Kaffee oder Tee?

Gut, wenn Sie mich so fragen, dann nehme ich doch lieber Kaffee.

Sehen Sie, ich wusste doch, dass Sie nur um meinetwillen auf

Tee umsteigen wollten. Das müssen Sie nicht. Schlimmer, als es jetzt ist, kann es auch nicht mehr werden.

Frau Mrawitz ging in die Küche, um heißes Wasser zu holen. Hans blieb neben dem zierlichen Tisch mitten in einer Puppenstube der Freundlichkeit zurück und sah verlegen auf seine Hände. Wäre diese Frau seine Mutter gewesen, er wäre auch immer ein Schüler geblieben. Nicht weil sie es forderte. Vielmehr weil er ihr keinen Schmerz hätte zufügen wollen. Auf einmal verstand er Katja besser. Er hatte sie für dumm gehalten. Aber das war sie nicht. Sie hatte nur alle Heiterkeit in diese Wohnung und in dieses Leben gebracht. Und seit sie keine Heiterkeit mehr hereintrug, blieb nur das Brave zurück, das er jetzt sah. Hans hätte davonlaufen und schreien mögen.

Aber da kam Frau Mrawitz bereits zurück, eine zierliche Thermoskanne mit dem heißen Wasser in der einen Hand, die Kaffeedose in der anderen.

Nun, also, junger Mann, Sie wollten mit mir über Katja reden. Ich höre.

Ja … Hans räusperte sich und entschied sich, ihr die Wahrheit zu sagen. Wissen Sie, ich glaube nicht an einen Unglücksfall. Vielleicht hat Katja es Ihnen ja erzählt: Ich bin Fotograf und habe mit ihr vor kurzem eine Serie aufgenommen. Es war toll. Wir wollten weitere Aufnahmen machen. Sie war als Model echt begabt. Klar, für einen großen Durchbruch war sie zu alt. Aber so prinzipiell hätte man tolle Sachen machen können. Und, also, sie war immer so lebendig, so ungezwungen und heiter. Aber ich habe sie an ihrem letzten Tag gesehen. Sie hat mich nicht bemerkt. Wir waren am Fleischstand. Und sie wirkte irgendwie, na ja, verändert. Und dann kam einer zu mir, der hatte auch Zweifel. Ja, und nun glauben wir einfach nicht mehr, dass es ein Unfall war.

Frau Mrawitz nickte. Ja, das kann ich verstehen. Katja und

ein Unfall? Das passt einfach nicht zusammen. Und was wollte sie überhaupt da drüben?

Ja, das ist uns auch schon aufgefallen. Eine Freundin meinte, sie hätte bei ihrem Freund gewohnt, diesem Martin.

Frau Mrawitz seufzte. Dieser Martin. Ja. Mit dem hat alles angefangen. Wissen Sie, Katja ist nicht meine richtige Tochter. Aber wenn ich ein Kind gehabt hätte, dann hätte ich sie genau so geliebt wie Katja. Die erste Frau meines Mannes ist früh verstorben. Sie hatten zwei Kinder. Einen Sohn und eben Katja. Das Verhältnis zu unserem Jungen war immer sehr schwierig. Kleine Einbrüche, Diebstahl. Na ja, Mutproben, wie sie Jungs manchmal machen. Aber ich habe das immer sehr schwergenommen und war wohl auch zu streng. Es war immer schwierig. Katja war unser Sonnenschein. Und als sich dann bei meinem Mann die Erkrankung zeigte, da ist unser Sohn gegangen. Ich glaube, er hat das alles nicht mehr ertragen. Aber Katja war da und hat mit uns gelacht, hat alles mitgetragen, ihn sogar mit gepflegt. Vor einem Jahr ging es dann nicht mehr, und der Vater musste ins Pflegeheim. Das war eine schwere Zeit für uns.

Das kann ich mir vorstellen.

Ach, nichts können Sie sich vorstellen. Sie sind doch noch viel zu jung dafür. Katja hat viel geweint. Und dann hat sie diesen Mann kennengelernt. Ganz plötzlich. Sie hatte es ja sonst nicht so mit den Männern. Er ist viel älter als sie. War, korrigierte sie sich, er war viel älter. Ja, das ging dann alles ganz schnell. Und im Januar ist sie zu ihm gezogen. Ganz in die Nähe, auf den Kaßberg. Erst habe ich mich sehr gefreut. Aber dann, ich weiß nicht, dann hat sie sich verändert. Sie kam nur noch ganz selten. Und wenn sie bei mir war, hatte sie ein schlechtes Gewissen. Er wolle das nicht. Sie sei erwachsen und müsse ihr eigenes Leben leben. Solche Sätze hat *sie* nie gesagt. Und sie hatte doch auch ihr Leben, ihre Arbeit. Ich habe das alles nicht verstanden.

Und was geschah dann?

Dann? Dann kam sie vorbei, das ist vielleicht drei Wochen her. Sie war sehr blass und meinte, sie müsse aus der Wohnung raus und würde irgendwo unterschlüpfen und ich solle nicht nach ihr suchen. Sie werde sich dann schon melden, wenn sie könne. Ich war natürlich schockiert und versuchte herausbekommen, was passiert war. Aber sie sagte nichts mehr und ging dann auch. Ich habe es der Polizei gesagt. Aber die meinten, es gebe keinerlei Hinweise auf ein Fremdverschulden, gar keine. Und falls es welche gegeben habe, dann seien sie durch das Wasser und durch … Frau Mrawitz schluckte und atmete tief ein und aus. Sie wissen schon, der Pfeiler. Also, da könne man nichts nachweisen. Und ich habe es ja selbst gesehen. Das wünscht sich keine Mutter …

Hans schwieg. Er hätte gern irgendetwas Tröstliches gesagt. Aber da gab es nichts. Und irgendetwas daherplappern wollte er nicht. Das Schweigen war immerhin eine Art Anteilnahme.

Sie kannten diesen Martin?

Ein bisschen. Er war ein- oder zweimal mit ihr hier. Ein komischer Mensch. Ganz blass, teigige Finger. Früher hätte ich gesagt, der ist bei der Stasi. Kann gut sein, dass er das auch war. War ja beinahe fünfundzwanzig Jahre älter als sie. Na, so Ihr Alter vielleicht. Nein, etwas älter noch. Er war wohl mal beim Militär, dann hatte er irgendeinen Verwaltungsjob. Aber das ging wohl alles nicht mehr. Jetzt arbeitet er bei einer Firma, die Fahrgäste kontrolliert. Hat Katja gesagt. Aber so ganz genau weiß ich das alles nicht.

Ich glaube, sagte Hans zögernd, ich kenne diesen Martin. Der kann wirklich ganz schön unheimlich sein.

Frau Mrawitz nickte.

Wenn Sie über Katja schreiben wollen, dann möchten Sie vielleicht ein paar alte Bilder sehen?

Gern.

Sie entschuldigen mich. Ich hole sie nur schnell.

Frau Mrawitz erhob sich und ging ins Nebenzimmer. Wenig später kam sie mit zwei Fotoalben zurück: So etwas wird es bald gar nicht mehr geben, nicht wahr? Bilder gibt es ja jetzt fast ausschließlich auf dem Computer. Sie machen sicher auch keine Abzüge mehr, oder? Aber ich bin etwas altmodisch. Das haben Sie ja sicher schon bemerkt.

Hans lächelte.

Sagen Sie lieber nichts. Jedes Wort kann schädlich sein.

Plötzlich wirkte Frau Mrawitz jung. Hans konnte sich gut vorstellen, wie sie vor ihren kleinen Schülern stand. Streng und aufrecht und zugleich ihnen freundlich zugewandt. Sie war sicher eine gute Lehrerin gewesen.

Wir wohnen ja schon lange auf dem Schloss. Schon zu DDR-Zeiten habe ich hier in der Gegend gewohnt. Meine Familie und auch die meines Mannes waren Flüchtlinge. Ein bisschen hört man das bis heute, nicht wahr?

Das stimmt. Aber ich kann auch meinen Umzug nicht verleugnen. In gewisser Weise haben wir also beide einen Migrationshintergrund.

Na, na, da gibt es aber schon einen erheblichen Unterschied.

Das ist wahr. Sie hatten es sehr viel schwerer als ich.

Nun, damals, in den Achtzigern war das alles hier am Verfallen. Ein Jammer war das. Dabei begann in dieser Gegend die Geschichte der Stadt. Und die reicht bis ins 12. Jahrhundert zurück. Es war schrecklich, dass der Krieg und dann die Herren in der Stadt mit den drei O eine so alte und traditionsreiche Gegend zugrunde gerichtet haben.

Die Stadt mit den drei O? Das kenne ich noch nicht.

Die Stadt hieß zu DDR-Zeiten Karl-Marx-Stadt. Die alten Chemnitzer nannten die Stadt weiter Chamz und erhielten somit den ursprünglichen Namen. Daran konnte die Regierung nichts ändern. Und die Sachsen ließen den Stadtnamen aus dem Mund tropfen: Korl-Morx-Stodt.

Hans lachte. Auch eine Art Protest.

Sie sagen es.

Frau Mrawitz blätterte im Fotoalbum. Hier ist Katja am Schlossteich. Sie mochte die Vögel und wollte immer füttern gehen. Dabei ist das gar nicht gut für die Tiere. Ich habe mich dennoch ab und an überreden lassen. Sehen Sie, wie sie in die Kamera blickt? So eine Lady war sie damals schon.

Sie blätterte weiter. Und hier steht sie am *Kellerhaus*. Das haben Sie bestimmt auch schon gesehen. Diese schöne Gaststätte gleich am Park. Sehen Sie, damals hatte man gerade begonnen zu bauen. Katja war ja immer sehr neugierig und wäre am liebsten auf der Baustelle herumgeklettert. Das musste ich ihr natürlich verbieten. Ja, das schöne *Kellerhaus* ist wohl eines der ältesten Gebäude der Stadt. 1486 soll der Keller entstanden sein. Ich bin sehr froh, dass man es erhalten konnte. Das war ja nicht sicher, so wie das nach der Wende da aussah. Es gibt da auch eine sehr nette Geschichte. Wollen Sie sie hören?

Gern.

Also: Es war in Chemnitz verboten, fremdes Bier zu trinken. Also Bier, das irgendwo anders hergestellt wurde. Nun schmeckte aber offensichtlich einigen Leuten das Bier aus Lichtenwalde viel besser als der Chemnitzer Bräu. Dafür musste man zwei Tage in den Kerker. Und der Wirt bezahlte eine Strafe. Dieser Bierkrieg soll fünfzig Jahre gedauert haben. Irgendwann erhielt der Wirt eine Schanklizenz. Erst für das Chemnitzer Bier, dann auch für das aus Lichtenwalde – aber natürlich nur, wenn kein frisch gebrautes Chemnitzer Bier vorhanden war. Und dieser ganze Streit dauerte bis ins 19. Jahrhundert hinein. Worüber man sich nicht alles streiten kann.

Hat Katja solche Geschichten gern gehört?

O ja, Katja mochte solche Geschichten. Aber am liebsten hat sie doch selbst erzählt. Und Sie wissen ja, das konnte sie ohne Punkt und Komma rund um die Uhr.

Frau Mrawitz sah wieder in ihr Album. Was gibt es noch? Ja – und wenn sie Freunde zu Besuch hatte, sind wir ab und an ins Kosmonautenzentrum gegangen. Da waren die Kinder gut beschäftigt. Kondition, Reaktion, Wissen. Das war auch für jemanden wie mich interessant. Und hier sind wir gerade mit der Parkeisenbahn unterwegs. Sehen Sie, da war ihr Vater noch sehr fröhlich. Das ist gar nicht so lange her.

Sie schloss das Fotoalbum und griff nach ihrem Taschentuch. Entschuldigen Sie. Aber es ist so unglaublich, dass dies alles auf einmal zu Ende sein soll. Sie war doch noch so jung!

Hans sah verlegen zur Seite. Er wusste nicht, was er sagen sollte. Am besten wäre es wohl, sich bald zu verabschieden.

Finden Sie den Grund heraus, junger Mann. Ja? Finden Sie ihn heraus. Ich möchte wissen, wie es zu all dem kommen konnte.

IV

Moritz genoss seine Tour durch die Stadt. Zunächst hatte er sich ums Zentrum herumfahren lassen. Er hatte den Nischel gesehen. Dann hatte er sich entscheiden müssen: Mit der 522 ganz bis nach Stollberg oder eine kleine Spritztour Richtung Rabenstein. Der Gedanke an Rabenstein gefiel ihm besser. Und wo er auf den Kontrolleur treffen könnte, wusste er ohnehin nicht. Also mit dem Bus die Zwickauer Straße entlang, umsteigen und ganz hinaus bis an die Endhaltestelle. Von dort aus machte er einen kleinen Spaziergang oberhalb des Stausees Rabenstein, an der Burg vorbei, unter dem Viadukt hindurch. Dann nahm er wieder den Bus Richtung Innenstadt. Er war fröhlich und entspannt, als neben ihm wie aus dem Nichts eine Gestalt erschien. Sie war auf einmal da.

Ihren Fahrschein, bitte.

So etwas hatte Moritz noch nicht erlebt. Wie konnte ein Mensch einfach erscheinen. Wie ein Geist. Dabei sah der Mann irgendwie nach nichts aus, nicht schön, nicht hässlich. Man würde sich das Gesicht nicht merken, wenn man nicht schon einmal darauf hingewiesen worden wäre. Nur die Hände, diese teigigen Hände, die vergaß man nicht so leicht.

Moritz wusste, wer da neben ihm stand. Er zückte seine Tageskarte und reichte sie dem Kontrolleur.

Sie haben nicht entwertet.

Das ist eine Tageskarte.

Das sehe ich, ich bin ja nicht blind. Sie haben aber trotzdem nicht bezahlt.

War der so schwer von Begriff? Er hatte heute eine Tageskarte gekauft, die galt ja doch wohl den ganzen Tag.

Ich habe für die Tageskarte bezahlt. Was ist daran denn nicht bezahlt?

Sie hätten die entwerten müssen.

Hilfe, was war das für eine Welt?! Da kaufte man sich eine Karte für einen ganzen Tag. Und dann galt die gar nicht.

Das wusste ich nicht.

Sie hätten sich informieren können.

Ich komme nicht aus Chemnitz.

Das ist keine Entschuldigung. – Ihren Ausweis, bitte.

Moritz begann mit den Fingern auf seine Oberschenkel zu klopfen. Es kostete ihn viel Kraft, sich zu beherrschen und nicht loszubrüllen. Er biss die Zähne zusammen. Zählte immer wieder bis zehn und schaute den Kontrolleur nicht an.

Der reichte ihm den Strafzettel. Sie können das überweisen. Oder Sie weisen glaubhaft nach, dass Sie in Besitz eines anderen gültigen Fahrscheins waren. Dann zahlen Sie nur die Verwaltungsgebühr. Ihren Fahrschein entwerte ich jetzt.

Moritz klammerte sich mit den Beinen an seinen Sitz, nahm den Fahrschein entgegen. Jetzt wusste er, warum Hans diesen Typen mit Fotos verfolgte. Genau das würde er jetzt auch tun. Er würde den ganzen Tag hinter ihm herfahren und ihn fotografieren. Er hatte ja jetzt eine Tageskarte.

Moritz gelangen einige interessante Aufnahmen. Der Kontrolleur hatte wirklich eine widerliche Art, sich an die Leute anzuschleichen. Er ging auch häufig nicht den ganzen Wagen durch, wie das andere Kontrolleure taten. Er beobachtete erst, dann schlug er zu. Und es war erstaunlich, wie zielsicher er die Schwarzfahrer entlarven konnte. Moritz versuchte, möglichst unauffällig zu fotografieren. Meist fand er, dass es ihm ganz gut gelang. Aber er war sicher, dass der Kontrolleur sehr wohl wusste, dass er anwesend war, auch wenn er ihn nicht mehr beachtete. Ein Kontrolleur tat nur seine Arbeit. Genau das demonstrierte er Moritz.

Mittwoch, 8. Juli

I

Heute treffen wir uns mal bei mir, sagte Moritz am Telefon. Ich kann auch Kaffee kochen. Immer fahre ich in die Stadt.

Es war bereits Nachmittag. Moritz hatte den Vormittag verbummelt.

Aber bei uns ist es gemütlich, antwortete Hans.

Mein Zimmer ist auch gemütlich. Kannst ja das Rad nehmen. Dann wird es nicht so teuer. Die Straßen sind ja wieder frei.

Die Straßen schon. Aber den Weg an der Chemnitz entlang kann man noch nicht wieder fahren. Du hast es da einfacher. Du steigst in die Bahn.

Ach ja? Komm her. Ich zeige dir, wo sie die Katja gefunden haben.

Das weiß ich schon. Ich war ja dabei. – Komm du heute noch einmal hierher. Ich erkläre dir dann auch warum. Okay? Ich habe nämlich einen Plan.

Du hast einen Plan, Egon? Mächtig gewaltig!

Ja, ich habe einen Plan. Aber den kann ich dir erst heute Abend erklären. Komm so auf halb neun.

Warum so spät?

Das gehört zu meinem Plan. Ich erzähl es dir heute Abend. Okay? Ich koche auch für uns alle!

II

Pünktlich um 20.30 Uhr war Moritz in der Weststraße. Hans erwartete ihn bereits.

Wir sitzen heute in der Küche.

In der Küche standen Tassen für drei Leute auf dem Tisch. Es roch nach Pizza.

Sind wir heute nicht allein?

Nein, heute sind wir zu dritt. Heute stelle ich dir meine Mitbewohnerin vor.

Wenig später betrat Polina den Raum.

Polinchen, das ist Moritz. Moritz, das ist meine Mitbewohnerin Polina. Kommt, setzt euch, setzt euch. Hans war ungeduldig.

Moritz setzte sich ans Fenster und lehnte sich zurück. Polina nahm ihm gegenüber Platz. Das schien ihr Stammplatz zu sein. Hans saß zwischen ihnen.

Also, ich war gestern bei der Stiefmutter von Katja. War sehr interessant und sehr traurig. Aber da kam mir eine Idee, wie wir vielleicht relativ schnell herausfinden, was an diesem Tag passiert ist.

Er berichtete den beiden, was Frau Mrawitz ihm erzählt hatte. Dann schloss er: Wenn also unser blasser Martin ein Kontrolletti ist, dann sollte es uns nicht schwerfallen, ihn zu überführen. Denn wir haben ja Polinchen.

Was meinst du damit?

Nun, Polinchen könnte doch diesen Martin kennenlernen. Wir versuchen ihn auszuhorchen und zu erfahren, was an diesem Tag passiert ist.

Hans war sichtlich stolz auf seine Idee. Polina zog die Augenbrauen zusammen.

Moritz beugte sich zu Hans vor. Das ist jetzt nicht dein Ernst, oder? Du willst jetzt nicht wirklich, dass Polina diesen Typen kennenlernt und der sich an sie ranmacht, nur damit wir wissen, was mit Katja passiert ist?

Hast du eine bessere Idee?

Das kann echt gefährlich werden! Hast du dir das mal überlegt?

Na, du wolltest doch immer rausfinden, was passiert ist.

Ja, aber doch nicht so! Doch nicht, indem man einen Menschen gefährdet! Ich will euch auch was erzählen. Ich habe nämlich den Kontrolleur gestern erlebt. Ich habe die Bilder dabei. Der hat eine ganz komische Art, sich an die Leute heranzupirschen. Moritz wandte sich an Hans: Ich durfte übrigens auch bezahlen. Das ist ein sehr merkwürdiger Mensch.

Darf ich auch mal was sagen?, mischte sich Polina ins Gespräch. Wenn ich das schon machen soll, dann habe ich ja wohl ein Wörtchen mitzureden, oder?

Ja, klar. Moritz hob die Hände.

Ja, natürlich entscheidest du, Polina, ob du das machen willst. Und wir müssen auch gut aufpassen, dass da nichts schiefgeht. Wir haben halt das Problem, dass er uns nun beide kennt. Mich sowieso. Und er weiß auch, dass ich ihn fotografiere. Und nun auch Moritz. Das macht es freilich schwieriger, auch für dich. Wenn du dir das überhaupt vorstellen kannst.

Um mal das Ziel zu formulieren: Ihr wollt herausbekommen, was an Katjas Todestag wirklich passiert ist.

Hans und Moritz nickten.

Und ihr denkt, dass er mir das erzählt, wenn ich sein Vertrauen gewinnen kann.

Hans und Moritz nickten.

Und wenn ihr das wisst und es vielleicht doch ein Mord war, würdet ihr das alles der Polizei erzählen.

Hans und Moritz nickten noch einmal.

Und warum wollt ihr es nicht gleich der Polizei sagen?

Na, das liegt doch auf der Hand, antwortete Hans. Sie haben den Fall abgeschlossen. Sie würden uns gar nicht glauben, wenn wir nicht irgendetwas Stichhaltiges bringen.

Und ihr haltet euch also für berufen, Katja zu verteidigen.

Na ja, meinte Moritz, wir sind die einzigen Anwälte, die sie gerade hat – außer ihrer Mutter. Aber die hat ja wohl noch andere Probleme.

Ihr Oberhelden.

Das klingt nicht nett, Polina!, sagte Hans.

Aber es ist wahr.

Einige Minuten schwiegen alle drei.

Also gut, ich mache mit. Ihr gebt ja eh keine Ruhe sonst. Und ich muss euch dann auch noch etwas beichten …

Polina

Dienstag, 30. Juni

I

Polina schaute aus dem Fenster. Es regnete in Strömen, und die Zeit verging nicht. Sie saß heute schon den ganzen Tag am Rechner. Krankenakten nachführen. Befunde anfordern. Abrechnungen eintragen. War sie deshalb in eine Praxis gegangen? Sie hatte Menschen helfen wollen. Und manchmal tat sie das auch. Aber die Programme wurden immer komplizierter, die Abrechnung aufwändiger, die Zeit, die für die Menschen blieb, immer kürzer. Heute hatte sie Frühschicht. Sie würde früh zu Hause sein. Beine hochlegen und die Augen schließen.

Hans hatte gestern erzählt, dass in diesen Tagen die Marktschreier da waren. Sie könnte sich ihre Lieblingswurst holen und dann sündigen. Dies wäre der Tag dafür.

Außerdem mochte sie es, diesem Moritz zuzuhören. Wie er da in seinem Wagen stand und rumbrüllte: Hähnchen und Haxen von Moritz aus Sachsen! Und: Was darf's denn sein, mein Reh? Und: Immer schön gemeinsam essen, immer schön gemeinsam, sonst wird das Leben einsam. Das war eine Type. Herrlich fand sie den.

Polina lächelte. Das war bei diesem Wetter das beste. Noch eine halbe Stunde, dann konnte sie gehen. Jedenfalls wenn die Ablösung pünktlich kam. Auf dem Dienstplan stand Monika. Auf Monika war Verlass.

Zehn Minuten später schlüpfte Monika durch die Tür. Du glaubst nicht, was da draußen los ist! Der reinste Weltuntergang. Sei froh, dass du jetzt nach Hause kannst. Wer weiß, ob du heute Abend noch über die Chemnitz kommst.

So schlimm?

Schlimmer!

Wirklich?

Noch schlimmer. Glaub mir! – War hier was Besonderes?

Nein, heute bleiben sie wohl alle zu Hause. Ich habe paar Sachen aufgearbeitet. Susanne ist bei der Chefin drin. Nichts Wichtiges zu berichten.

Polina speicherte die Daten und räumte ihre Sachen zusammen. Dann zog sie sich um und ging pünktlich aus dem Haus. Bis zum Platz am Roten Turm waren es nur ein paar Meter. Aber schon dieser Weg schien ihr lang. Von weitem hörte sie Moritz aus Sachsen rufen. Unermüdlich heiter, egal wie der Wind wehte oder der Regen fiel. Polina lächelte wieder. Solche Leute waren einfach eine Wohltat.

Es waren nur wenige Leute auf dem Platz. Eine junge Frau wurde gerade von Moritz bedient. Und als Nächstes kam – das durfte doch nicht wahr sein – als Nächstes war Hans an der Reihe. Ihr grummeliger Mitbewohner, der längst eine eigene Wohnung haben sollte und an den sie sich doch gewöhnt hatte. Es regnete, aber der Tag hätte schlimmer sein können.

Polina tippte Hans leicht auf die Schulter. Er bestellte und nahm doch tatsächlich ihre Lieblingswurst mit. Manchmal war er eben doch ein netter Kerl. Hinter ihnen stellte sich ein weiterer Mann an. Polina fühlte sich auf einmal beobachtet. Als sie sich kurz umwandte, erkannte sie unter einer Kapuze ein blasses Gesicht. Ein Mann. Er war mittelgroß und wirkte unscheinbar. Aber Polina fröstelte. Diesem Menschen wäre sie nicht gern am Abend allein begegnet. Er strahlte etwas aus, das ihr Angst machte.

II

Das Wasser stieg. Der Sog riss mittlerweile so stark an den Waden, dass Katja alle Kraft aufbringen musste, um stehen zu bleiben. Wie lange konnte sie noch durchhalten? Wollte sie das? Durchhalten, leben, überleben? Um welchen Preis?

Noch immer stand er dort. Sah sie an.

Nichts, nichts würde sie dazu bewegen, alles noch einmal zu beginnen. Sie hatte das Spiel in der Hand. Jetzt und hier. Klein beizugeben kam nicht in Frage.

Natürlich, wenn sie zu ihm ginge, würde er ihr vergeben. So nannte er es. Vergeben!

Was gab es zu vergeben? Dass sie ein eigenes Leben führen wollte? Dass sie sich seiner Kontrolle entzog? Sie war erwachsen. Längst. Und sie liebte ihn nicht. Warum konnte er es nicht einfach dabei belassen? Sie in Ruhe lassen?

Plötzlich wendete er den Blick nach rechts. In seinen Augen las sie, dass er für den Bruchteil einer Sekunde begriff, dass sie bis zum bitteren Ende ausharren und sich nicht beugen würde.

Und sie hörte das Gebrüll des Flusses. Dies war das Letzte. Ein befreiendes Gebrüll.

III

Polina lag auf ihrem Sofa und sah dem Regen zu. So ließ es sich aushalten. Sogar mit Hans war's heute wirklich nett gewesen. Irgendwie schade, dass es nicht immer so war. Jetzt lebten sie seit Jahren wie ein altes Ehepaar nebeneinander her. Ganz am Anfang, als er eingezogen war, da hatte Polina gehofft, er würde der neue Mann an ihrer Seite. Es hätte alles prima gepasst. Sie verdiente regelmäßig Geld, er brachte die Kunst in ihr Leben. Sie war beständig und achtete auf das Gemeinsame. Er konnte ihr Grenzen setzen.

Es hätte wirklich nett sein können. Und manche Leute hielten sie auch für ein Paar. Aber so war es eben nicht.

Irgendwann hatte sie sich daran gewöhnt. Sie fragte nicht nach seinen Frauen. Sie wusste nicht, ob es da jemanden gab. Auf keinen Fall war da irgendetwas Ernsthaftes. Das würde sie merken. Und dann wäre er auch längst ausgezogen. Nein, da war niemand.

Höchstens dieses junge Ding aus der Stadtverwaltung. Die war zu schön. Eindeutig. Viel zu schön.

Polina hatte letztens ein paarmal bei einer Freundin übernachtet. Aber darauf hatte Hans gar nicht reagiert. So ein Idiot. Merkten Männer denn gar nichts?

Polina träumte vor sich hin. Der Regen klopfte ans Fenster. Unversehens schlief sie ein.

Mittwoch, 1. Juli

I

Nur mit Mühe erreichte Polina die Innenstadt. Die Straßen waren fast alle gesperrt, die kleineren Brücken auch. Über die große Brücke an der Auffahrt zum Kaßberg durfte man noch gehen. Die Innenstadt war wie ausgestorben. Die meisten Geschäfte hatten geschlossen.

In der Praxis empfing sie die Chefin: Gehen Sie zu einer der Anlaufstellen für Helfer. Heute machen wir hier nichts. Sehen Sie zu, dass Sie helfen. Ich werde mich auch im Krankenhaus melden. Vielleicht sieht es ja morgen auch schon wieder besser aus. Aber heute kümmern wir uns mal nicht um Nebensächlichkeiten.

So war sie, die Chefin. Pragmatisch und auf beängstigende Weise realistisch. Wie gut, dass die Patienten sie nicht hören können, dachte Polina.

Sie meldete sich bei einer der Anlaufstellen. Dort schickte man sie in eine Turnhalle. In der Halle waren Senioren aus einem Pflegeheim untergebracht. Das Heim war nicht akut bedroht. Dennoch wollte man kein Risiko eingehen. So kochte Polina den ganzen Tag Tee und hörte den Leuten zu. Die alten Leute saßen in Decken gehüllt auf Liegen. Eine Frau zitterte. Ein Mann rief nach seiner Tochter. Er war vollkommen verwirrt.

Als sich Polina zu ihm setzte und seine Hand hielt, sagte er: Du gehst nicht mehr weg, Mädelchen. Das dulde ich nicht. Das ist alles viel zu gefährlich.

Ich muss doch Tee kochen. Das ist nicht gefährlich.

Nein, nein, keinen Tee. Du bleibst hier. Das sind böse Menschen, Mädchen, sehr böse.

Ach, nicht alle Menschen sind böse.

Doch. Und du gehst mir da nicht mehr hin. Versprich mir das!

Eine Pflegerin löste Polina ab. Gehen Sie zu den anderen. Ich kümmere mich um ihn. Sie werden ihn nicht erreichen. Er lebt in seiner eigenen Welt.

Von wem redet er?

Er sieht in Ihnen seine Tochter, vermute ich. Er hat schon in den letzten Tagen immer wieder gesagt, dass sie nicht mehr zu den bösen Leuten gehen soll. Es kann aber ebenso sein, dass er in seiner Jugend etwas erlebt hat, woran er sich gerade erinnert. Er hat ja noch den Krieg erlebt.

Polina nickte. Widerstrebend verließ sie den Mann. Sie stellte sich vor, wie es sein musste, wenn man den Krieg erlebt hatte. Und dann saß man mit seinen Erinnerungen in so einer Halle. Geschah dann nicht alles noch einmal?

II

Am Abend war Polina völlig geschafft. Sie hätte Hans erzählen können, wo sie gewesen war, hätte ihn gern an diesem Tag teilhaben lassen. Aber sie kannte ihn. Es war am besten, er hatte den Eindruck, sie käme von der Arbeit, und alles wäre wie immer.

Sie hatte sich umsonst Gedanken gemacht. Hans war so mit Fotos vom Hochwasser beschäftigt, dass er gar keine Zeit hatte, mit Polina zu reden. Sie sah ihn gar nicht.

Den Abend verbrachte Polina vorm Fernseher. Sie sah sich die Berichte an. Nicht nur Chemnitz war vom Hochwasser betroffen.

Immer wieder wurde dieses Unwetter mit dem letzten Hochwasser verglichen. Alle waren sich einig, dass alles viel ruhiger und geordneter abgelaufen sei. Abgesehen von ein paar Problemen mit dem Telefonnetz und dem Internet sei alles den Umständen entsprechend gut verlaufen.

Polina dachte an die alten Leute in der Halle, vor allem an diesen alten Mann, der seine Tochter vermisste. War es auch für diese Leute harmlos? Selbst wenn ihr Haus nicht weggeschwemmt wurde, es war dennoch schlimm. Und einige würden das nicht überleben. Dieser alte Mann vielleicht. Oder die Frau, die so gezittert hatte.

Donnerstag, 2. Juli

I

Polina holte wie immer die Zeitung aus dem Briefkasten. Der Morgen war nicht gerade ihre Zeit. Und auch Hans war am Morgen eher schweigsam. Das machte das Leben einfacher. Man musste nicht reden. Sie war aber zumeist doch schon handlungsfähig, während Hans vor zehn Uhr nie ein normales Arbeitstempo erreichte. Es sei denn, irgendetwas interessierte ihn wirklich sehr.

Polina kochte Kaffee und setzte sich auf ihren Platz am Fenster. Die Zeitung hatte wieder einige Fotos von Hans übernommen. Das freute Polina immer. Er konnte Stimmungen gut einfangen, hatte einen Instinkt für die Symbolik eine Situation.

Bei einem der Bilder stutzte Polina. Die kannte sie. Von der Frau hatte ihr Hans erzählt. Sie las: »Schönste Frau des Amtes ertrunken. Katja M., Sachbearbeiterin im Kulturamt, ertrank während des Hochwassers in den Fluten der Chemnitz. Wie die Polizei mitteilte, sei kein Fremdverschulden feststellbar. Es handle sich vermutlich um einen tragischen Unglücksfall. Auch eine Selbsttötung sei nicht auszuschließen.«

So schnell kann es gehen, dachte Polina. Vor einigen Wochen war sie auf diese Katja eifersüchtig gewesen. Sie war eine junge, attraktive Frau. Und sie war die einzige Frau, von der Hans erzählt hatte. Polina hatte das geärgert. Auch wenn sie nur zusammenwohnten. Hans gehörte doch zu ihr. Aber dann war ihr klargeworden, dass Katja für Hans einfach ein tolles Model war. Eine Frau, die in jeder Verpackung gut aussah. Und eine Verpackung ins richtige Licht setzen, das konnte Hans eben. Polina tat es plötzlich leid, dass sie schlecht über diese junge Frau gedacht hatte. Sie sah sich das Bild genauer an. So jung hatte sie sich Katja gar nicht vorgestellt. Sie war sicher nicht einmal fünfundzwanzig.

Polina legte die Zeitung aufgeschlagen auf den Küchentisch. Wenn Hans es nicht schon wusste oder im Netz irgendwo fand, dann würde ihn das sicher interessieren.

II

Den ganzen Tag dachte Polina an Katja. Den Vormittag verbrachte sie mit Verwaltungsarbeiten. Viele Menschen riefen an und fragten, wie es weiterging. Polina musste alte Damen beruhigen, die schon fürchteten, einen neuen Arzt zu benötigen. Andere wollten nur wissen, ob das Haus betroffen sei. Ab Mittag war die Praxis wieder geöffnet. Die ersten Patienten kamen. Allmählich kehrte wieder Alltag ein.

Die Arbeit verrichtete Polina schweigsam und mechanisch. In ihrem Kopf tobten sich die Stimmen aus, die sie in den letzten Wochen hatte zum Schweigen bringen wollen. Sie fühlte sich schuldig. Ja, sie hatte Katja abgelehnt, hatte ihr alle möglichen schlechten Eigenschaften zugetraut. Katja war ihr als der Abgrund des Bösen erschienen. Die Frau, die ihr Leben gefährdete, wenn nicht zerstörte.

Natürlich, dachte Polina, ich hatte Angst. Ich hatte Angst, dass Hans auszieht, dass ich mit der Rate allein dastehe. Und ich hatte Angst, dass unsere irgendwie doch vorhandene Beziehung endet. Entscheide dich, Polina, entscheide dich. Was willst du eigentlich?

Dann versuchte sie sich selbst zu besänftigen: Bisher war es doch auch okay. Wir haben uns, wir sitzen zusammen und trinken Kaffee. Wenn jemand reden möchte, dann ist jemand da. Fehlt uns denn wirklich etwas? Mit Katja hat das doch gar nichts zu tun.

Wieder meldete sich eine andere Stimme in ihr: Das ist nicht wahr. Es genügt dir nicht. Es hat dir nie genügt. Im Grunde ist es dir doch ganz recht, dass sie tot ist, so kann sie dir nicht mehr gefährlich werden. Sie war zu jung, und sie war zu schön. So etwas kann nicht lange gutgehen. Männer sehen das. Und Männer haben Bedürfnisse.

Ach, und Frauen nicht?, meldete sich eine andere Stimme. Mädel, nimm dich doch einmal selbst ernst!

Und was will Hans? Na, das ist doch klar: Nichts. Und vor allem, dass sich nichts ändert, dass alles schön und bequem bleibt. Solange da keine Gefahr besteht, kann er ja machen, was er will. Ich spiele da gar keine Rolle. Mir gehört nur zufällig diese Wohnung, und er ist ganz zufällig da eingezogen. Ob ich Gefühle habe, das interessiert ihn einfach nicht.

Vielleicht sollte ich ihn rauswerfen? Damit er mal merkt, dass ich noch existiere?

Wenn Polina gekonnt hätte, sie hätte ihren Kopf einfach abgeschraubt und im nächsten Schrank abgestellt. So wie in *Fluch der Karibik* die Piratenkollegen auf dem Schiff von Davy Jones. Die konnten ihre Köpfe auch abnehmen und dann irgendwann wieder aufsetzen. Genau das wäre jetzt das Richtige. Aber das Karussell in ihr drehte sich weiter und weiter.

Vielleicht bin ich schuld an ihrem Tod? Ich habe so viel Schlechtes über sie gedacht. Vielleicht bewirkt das ja etwas? Darum musste sie sterben, weil ich ihr so viel Schlechtes gewünscht habe. Ich bin schuld an ihrem Tod. Ich!

Es war erstaunlich, dass ihr kaum Fehler unterliefen. Äußerlich funktionierte sie, und innerlich dachte sie. Und diese Trennung schien kaum jemandem aufzufallen.

Am Abend fühlte sich Polina vollkommen ausgebrannt. Sie wollte nur noch ihre Ruhe und nichts mehr denken. Eine große weite Stille. Das wäre jetzt gut gewesen.

Als sie nach Hause kam, zog sie die Schuhe aus, ging in die

Küche und belegte sich eine Schnitte mit Wurst, die sie im Stehen aß. Dann ging sie in ihr Zimmer, legte sich aufs Bett, schloss die Augen und fiel in einen unruhigen Schlaf.

Polina mit den Schwefelhölzchen

Freitag, 3. Juli

I

Beinahe hätte sie verschlafen. Polina hatte den Wecker ausgestellt und sich wieder umgedreht. Ihr Kopf schmerzte und die Augenlider schienen aus Blei zu sein. Wenn sie nur heute nicht aufstehen müsste. Wenn sie nur ihre Ruhe haben könnte.

Und wenn sie nicht an Katja denken müsste.

Das wäre überhaupt das beste: Nicht an Katja denken zu müssen. Aber ihr Kopf nahm schon wieder die Arbeit auf.

Stopp, sagte sie sich, stopp. Aber es nützte nichts. Der Kopf dachte gar nicht daran, ihren Befehlen zu gehorchen.

Ich muss einfach etwas unternehmen. Wenn ich etwas tue, dann entspannt sich das sicher. Aber was? Es muss auf jeden Fall Katja nützen. Aber was kann das sein? Sie ist ja nun tot. Wenn ich herausfinde, was geschehen ist, wenn ich mich um die Familie kümmere? Dann würde ich meine Schuld abtragen.

Mechanisch kochte Polina sich den Morgenkaffee.

Wer kann mir helfen? Wer weiß etwas über Katja?

II

Dieser Gedanke beschäftigte sie noch immer, als sie in der Praxis ankam. Monika hatte heute mit ihr gemeinsam Dienst. Sie war bester Laune.

Montag fahren wir los. Ab in den Urlaub. Sie sang und tänzelte hinter dem Tresen.

Polina lächelte müde. Du hast's gut. Ich muss noch bis Ende August hier ausharren. Und dann weiß ich noch nicht einmal, was ich machen will.

Na, du könntest doch mit deinem Fotografen zu ein paar Schäferstündchen ans Meer fahren.

Ach, der. Der hat doch noch nicht einmal bemerkt, dass ich eine Frau bin.

Daran bist du aber selbst schuld. Echt, Polinchen, so wie du dich kleidest.

Ich mag es nun einmal so.

Ja, aber wirklich: ein paar nette Strümpfe. Weißt du, diese schicken, mit Muster. Die sind so heiß. Und dann ein paar Schuhe mit Absätzen, die deine Beine lang erscheinen lassen. Und einen schicken Minirock. Das würde dir echt stehen. Immer in Hosen und T-Shirt. Du musst ein bisschen was aus dir machen. Dass dein Mann eine andere hat, heißt ja nun nicht, dass du bis zum Ende deines Lebens zur Nonne werden musst.

Ach, Monika, du nervst.

Rede doch mal mit deiner Freundin Astrid. Du, die hat einen Blick dafür. Als wir letztens Kaffee trinken waren, hat sie mir tolle Tipps gegeben. Hab mir gleich einen neuen BH geholt.

Polina war es, als würde sie erwachen. Astrid! Ihre Freundin Astrid war das wandelnde Lexikon. In Kleider- und Schuhfragen unschlagbar. Und als Beobachterin der Vorgänge im Rathaus immer eine Quelle für den aktuellsten Tratsch. Ihrem Blick entging nichts. Polina mochte und fürchtete sie gleichermaßen. Es war ihr klar, dass Astrid mit anderen Menschen ebenso über sie redete. Man musste sehr vorsichtig sein, was man ihr erzählte. Aber für Informationen über die Beziehungen im Stadthaus, über Liebe, Leidenschaft und Trennung war sie die beste Quelle.

Du hast recht, Monika, ich sollte mich wirklich mit Astrid treffen. Und unser letzter Schwatz ist einige Zeit her.

Die Arbeit ging Polina in den folgenden Stunden viel leichter von der Hand. Am Abend würde sie Astrid anrufen. Vielleicht hatte sie schon morgen Zeit und Lust, mit ihr Kaffee zu trinken.

Samstag, 4. Juli

I

Polina erwachte nach einem langen und guten Schlaf. Heute würde sie Astrid treffen. Treffpunkt Jakobikirche, dann ein Stadtbummel und schauen, wie sich das Leben normalisierte, dann einen Kaffee. Astrid hatte frei, sie hatte nichts vor. Polina war begeistert gewesen. So entspannt hatten sie lange nicht mehr geredet. Und dass Astrid gleich an diesem Samstag Zeit hatte, das war wunderbar.

Irgendwann nach zehn stand Polina auf, schlurfte ins Bad und kümmerte sich dann ums Frühstück. Heute könnte sie sogar mit Hans frühstücken. Nach zehn war er ja auch einigermaßen erträglich.

Von ihrem Platz am Fenster aus konnte Polina das Treiben auf der Straße gut beobachten. Schräg gegenüber war die Kirche. Auf der Straße war wenig los. Nur ein Mann strich auf der Straße herum. Und diesen Mann kannte sie.

Das ist komisch, sagte Polina.

Hans brummte unverständlich. Es war wie immer.

Du hörst mir nicht zu.

Und wie immer stellte Hans das Offensichtliche fest: Ich lese.

Das hatte Polina auch schon bemerkt. Aber er sollte doch mit ihr reden!

Aber das ist komisch.

Was denn?

Merkt er es denn nicht?, dachte Polina. Ich beobachte die Straße! Kann er nicht ein Mal sehen, was ich mache?

Laut sagte sie: Na, dieser Typ da unten. Der sieht aus wie unser

Moritz von den Marktschreiern und treibt sich schon mindestens zehn Minuten auffällig-unauffällig auf der anderen Straßenseite herum.

Hans war natürlich wieder skeptisch. Wie immer. Wieso sollte der schon wieder hier sein? Wer weiß, wen du da siehst.

Polina nervte es. Warum konnte er sie nicht ein Mal ernst nehmen? Bin ich blind oder was? Das ist echt dieser Moritz! Und was heißt denn hier »schon wieder«?

Ach, der war gestern auch schon hier. Ich hab ihn gesehen, als ich aus Rabenstein kam. Na, wer weiß. Hat sich vielleicht verliebt und will seine Angebetete kennenlernen.

Spinnkopf! Der ist bestimmt seit hundert Jahren verheiratet.

Na, dann hat er eben eine Geliebte. Polina, was geht uns das an?!

Eigentlich nichts.

Und uneigentlich?

Was sollte sie sagen? Dass sie einen Verdacht hatte? Polina überlegte. Dieser Moritz brachte sie auf neue Ideen. Vielleicht suchte der Moritz nicht nach einer Geliebten. Vielleicht suchte er Hans. Denn: Angenommen, Hans hatte etwas beobachtet, was er selbst noch nicht wusste und einordnen konnte. Dann erschien die ganze Geschichte in einem anderen Licht. Vielleicht war's ja gar kein Unfall. Vielleicht hatte dieser Moritz etwas damit zu tun. Der hatte Katja schon sehr merkwürdig nachgeschaut am Dienstag. Irgendwie gierig. Männer waren ja so. Sie sahen einen Hintern wackeln und dachten plötzlich mit anderen Körperteilen. Und dann wusste man nie. Gut, Hans war da vielleicht anders. Der begnügte sich mit Verpackung.

Sie musste weiter darüber nachdenken. Jedenfalls wäre sie dann nicht schuld an dieser ganzen Misere.

II

Astrid stand vor der Kirche und sah in den Himmel. Ist es nicht unglaublich, wie viele Krähen wir in der Stadt haben?

Polina schaute ebenfalls nach oben und sah die großen schwarzen Vögel kreisen. Hast du sie schon mal am Abend beobachtet? Dann halten sie hier einen eigenen Stadtrat ab. Das geht die halbe Nacht. Wahrscheinlich denken sie, es ist Tag, weil alles erleuchtet ist. Das ist oft ein richtiger Spektakel. Faszinierende Tiere, diese Krähen. Aber wohnen möchte ich nicht mit ihnen zusammen.

Ah, deshalb habt ihr euch in der Weststraße niedergelassen und nicht in der Innenstadt!

Nein, die Weststraße war die Idee meines Ex. Ich wäre auch weiter rausgezogen. Rabenstein oder Rottluff. Ein Haus mit mehr Grün wäre mir lieber gewesen. Aber so habe ich's nicht weit zur Arbeit. Das hat auch was. Und ich brauche kein Auto. Hierher kann ich laufen oder mit dem Rad fahren.

Astrid hakte sich bei Polina ein. Immer die praktische Polina. Sei doch mal ein bisschen romantisch. Zieh dir ein nettes Röckchen an, lass dir die Haare schneiden und setz dich in den Sonnenuntergang.

Allein im Sonnenuntergang mit Minirock. Das stelle ich mir sehr romantisch vor.

Na, du wohnst doch mit diesem Fotografen ...

Ah, dachte Polina, daher weht der Wind. Astrid wollte Informationen. Ich muss aufpassen, was ich sage.

Wir wohnen nur zusammen, sagte Polina laut.

Das gibt es doch nicht! Frauen und Männer wohnen nie nur so zusammen. Entweder ist da was nicht, na ja, du weißt schon. Entweder ist sie lesbisch und er ist schwul, oder sie will, oder er will, und sie brauchen nur etwas Unterstützung.

Genau, von dir, dachte Polina und musste lachen.

Ist es nicht so? Da gibt's nichts zu lachen, Polinchen!

Komm, lassen wir das. Wir wohnen zusammen, und damit gut. Was gibt es bei dir Neues?

Polina und Astrid gingen langsam über den Rathausplatz.

Astrid redete. Die Worte waren wie ein Wasserfall: Na, du hast es doch gelesen. Die schöne Katja ist verunfallt. Und darüber machen sich natürlich alle Gedanken. Die einen sagen: Das hat ja so kommen müssen. Sie war so ein naives Kind. Die musste ja ins Wasser tappen. Die anderen glauben nicht an einen Unfall und entwickeln die wildesten Verschwörungstheorien. Dazu kommt, dass Fräulein Mrawitz neuerdings einen Freund hatte. Einen gewissen Martin. Der war komisch, sage ich dir. Ich habe ihn ein paarmal im Büro getroffen. Er hat sie fast immer abgeholt. So ein blasser Typ mit blondem Haar. Kontrolletti hoch drei. Wie sie sich an den ranschmeißen konnte, das möchte ich mal wissen. Ging ja auch alles sehr schnell. Im Herbst kennengelernt, im Januar eingezogen. Aber ich hätte schwören können, dass da jetzt schon alles wieder vorbei war. Sie wollte ausziehen. Bin ich mir ziemlich sicher. Hat ja auch mit deinem Fotografen gearbeitet. Der hat sie ja auch angeschmachtet. Meine Herren. Du musst dich echt beeilen, wenn du den willst, sonst ist der bald nicht mehr auf dem Markt. Obwohl, Katja kann dir da ja nun nicht mehr gefährlich werden.

Nein, das kann sie nicht. Polina war rot geworden.

Du wirst ja richtig rot. Also, sag schon, was ist da zwischen dir und dem Fotografen?

Nichts, wirklich, da ist nichts. – Hast du eigentlich Kontakt zur Familie von Katja?, fragte Polina.

Ihre Mutter kenne ich. Die ist Grundschullehrerin und hat meine Große unterrichtet, als wir noch in Schloß gewohnt haben. Die ist gut, aber extrem streng. Der Vater soll im Pflegeheim wohnen. Ist wohl vollkommen durchgedreht. Demenz. Na ja, dabei ist der nun so alt auch wieder nicht. Stell dir vor, das Pflegeheim war diese Woche auch ausgelagert. Und dann so etwas. Alles ist anders. Und die Tochter stirbt. Schon wirklich eine irre Welt. Aber der bekommt das ja vielleicht auch alles gar nicht mehr mit. Die Mutter tut mir leid. Echt. Der Mann dreht durch, und die Tochter ist tot. Und die Mutter ist ja auch so viel jünger als er. Bestimmt erst Mitte fünfzig.

Hast du die Adresse von denen?

Ich weiß ja nicht, ob die noch da wohnen. Die Mrawitz hat mal in der Lotharstraße gewohnt, na, und wie gesagt, der Vater ist irgendwo zentrumsnah im Pflegeheim. Und der Freund, oder Exfreund, der wohnt auch nicht weit weg. Ich glaube, in der Henriettenstraße.

Astrid, du bist echt ein wandelndes Stadtlexikon. Was würde ich nur ohne dich anfangen. Ohne dich hätte ich keine Ahnung, was in dieser Stadt vor sich geht.

Tja, so bin ich, meine Liebe, so bin ich! Aber jetzt gehen wir etwas Nettes für dich einkaufen. So wie du im Moment aussiehst, zeige ich mich nicht noch einmal mit dir auf der Straße!

Polina lachte und ließ sich von Astrid in die nächste Boutique schieben.

Mit Kennerblick wählte Astrid ein Kleid in verschiedenen Rottönen. Polina kam es sehr kurz vor. Sie protestierte: Astrid, so was kann ich doch nicht tragen. Meine Beine … Schau mal, viel zu dick.

Das kommt nur auf die richtigen Strümpfe und die passenden Schuhe an.

Polina verdrehte die Augen, nahm aber das Kleid und verschwand damit in der Umkleidekabine. Astrid hatte wirklich einen guten Blick. Das Kleid passte wie angegossen. Widerwillig gab Polina vor sich selbst zu, dass es ihr gar nicht so schlecht stand.

Astrid war begeistert. Genau so etwas musst du tragen. Dann sehen endlich alle, dass du eine Frau bist. Deinen Kittel kannst du dir ja immer noch in der Praxis drüberwerfen. Aber sonst darfst du auch einfach mal schön sein. So, jetzt bezahlst du, und dann suchen wir nach passenden Schuhen und einer schicken Feinstrumpfhose. Dann wird dein Fotograf sehen, was für ein Goldstück er da in der Wohnung hat.

Astrid, ich sagte schon, wir wohnen nur zusammen.

Jaja, und ich bekomme demnächst den Nobelpreis.

Schuhe zu finden erwies sich als weit schwieriger. Polina probierte unzählige Paare. Sie selbst hätte sich für ein Paar in Grau entschieden, flach und wunderbar schlicht. Astrid schüttelte immer wieder den Kopf. Im dritten Laden fanden sie ein hochhackiges Paar, schwarz, elegant.

Probier die an. Die nimmst du.

Polina war müde vom Herumlaufen und protestierte nicht. Sie schlüpfte in die Schuhe, die erstaunlicherweise passten, erhob sich – und setzte sich sofort wieder. Die kann ich doch nie tragen.

Doch, doch. Das sieht gut aus. Steh noch mal auf. Langsam.

Polina gehorchte.

Und jetzt geh mal vor den Spiegel.

Polina stöckelte schwankend vor den nächsten Spiegel.

Schau mal, mit diesen Schuhen sieht man endlich, was für wunderbar lange Beine du hast. Die sind gar nicht fett. Sie sind kräftig, ja. Aber sie haben eine tolle Länge. Noch ein paar gemusterte Strümpfe, passend zum Kleid, und du siehst umwerfend aus. Glaub mir, meine Liebe, ich habe dafür einen Blick.

Polina wankte zur nächsten Bank.

Das Laufen solltest du noch ein wenig üben. Am besten, du schaust dir ein paar Videos dazu an. Tina Turner zum Beispiel. Und dann: Viel in den Schuhen herumgehen. – Und dann, glaub mir, liegen dir die Männer zu Füßen. Und dein Fotograf ist der Erste. Du wirst an meine Worte denken.

Polina schaute sich die Schuhe lange an. Der Preis war beeindruckend hoch. Sie konnte sich nicht erinnern, jemals so viel für Schuhe ausgegeben zu haben. Allerdings hatte sie heute nun schon ein sündhaft teures Kleid gekauft. Da kam es auf die Schuhe auch nicht mehr an. Also gut, sagte sie sich, jetzt oder nie.

Die Strumpfhosen dazu schenke ich dir, sagte Astrid. Weil du mich den ganzen Nachmittag schon ertragen hast.

Dass es für Strümpfe und Dessous ebenfalls eigene Läden gab, sogar in Chemnitz, das wunderte Polina. Es öffnete sich vor ihr eine Welt, die sie bisher standhaft ignoriert hatte.

Ich kenne einen kleinen Laden, plapperte Astrid weiter, da müssen wir unbedingt hin. Das musst du dir einfach anschauen. Das ist zwar etwas außerhalb des Zentrums. Aber ich hab ja das Auto hier. Da fahren wir hin.

Und Polina ließ sich auch auf diesen Weg ein. Wie ein braves Mädchen folgte sie Astrid. Ihre Freundin kaufte eine Strumpfhose, für die Polina vor einer Woche noch keinen Pfennig ausgegeben hätte.

Astrid fuhr Polina bis nach Hause. So, nun hast du erst einmal eine Grundausstattung. Um weitere Details kümmern wir uns später. Ich will dich aber natürlich bald einmal in den Sachen sehen.

Wenn ich geübt habe, in den Schuhen zu laufen, versprach Polina. Ich fange morgen damit an. Versprochen.

Sonntag, 5. Juli

I

Polina beschloss, den Sonntag für ihre Recherchen zu nutzen. Die Henriettenstraße war nicht weit entfernt. Aber sie war ziemlich lang. Was soll ich da unternehmen?, fragte sich Polina. Vielleicht in den Andrépark gehen? Da kann man sich zumindest aufhalten, ohne aufzufallen. Wie der Moritz muss ich ja nun nicht die Straße auf und ab wandeln. Das bringe ich echt besser. Könnte ja sogar sein, dass dieser Martin sich da auch aufhält. Wenn er kein Naturfreak ist. Vielleicht habe ich ja Glück?

Polina zog sich das neue Kleid an. Es leuchtete in verschiedenen Rottönen. Dazu wählte sie ein Tuch in zarten Pastellfarben.

Polina ging ins Bad und betrachtete sich im Spiegel. Wie Kleidung einen Menschen verändern konnte. Nun noch die neuen Schuhe, und fertig war die Dame, die einen Mann anlocken wollte.

II

Der Park war nur wenige Minuten entfernt. Aber bereits auf dieser kurzen Strecke spürte Polina deutlich, dass das Laufen in neuen Schuhen, und dazu noch mit diesen Absätzen, wirklich gelernt sein wollte. Sie humpelte über den Fußweg. Das sah nicht sexy aus. Kein wiegender Gang, kein energischer Schritt wie der von Tina Turner.

In der Grünanlage an der Walter-Oertel-Straße setzte sie sich so elegant wie möglich auf eine der Bänke. Elegant oder nicht, diese scheußlichen Schuhe wollte sie keinen Meter mehr tragen. Sie massierte sich die Gelenke und die Fersen. Dass man nach so wenigen Metern schon solche Schmerzen haben konnte!

Kann ich Ihnen behilflich sein?, sagte ein Mann zu ihr.

Polina schaute auf und erstarrte. Da stand er vor ihr. Martin aus der Henriettenstraße.

Danke, stammelte sie. Wissen Sie, ich habe mir gestern neue Schuhe gekauft. Ich muss mich erst daran gewöhnen.

Das kann ich verstehen. Martin setzte sich neben Polina. Ich habe mir auch letztens neue Lederschuhe zugelegt. Allein gekauft, als Mann. Das konnte ja nicht gutgehen. Ich bin tagelang nur in Filzpantoffeln durch die Wohnung gerutscht. Meine Fersen, ich sage Ihnen!

Der Typ war nett. Polina lächelte.

Ich fürchte, so wird es mir wohl in den nächsten Tagen auch gehen. Aber erst einmal muss ich wieder nach Hause kommen.

Ich kann Sie tragen.

Danke, das wird wohl nicht nötig sein. Ich kann die Schuhe ja ausziehen.

Polina streifte die Schuhe vorsichtig ab. Martin hob sie hoch. Das sind aber auch wirklich ausnehmend schöne Exemplare. Sie haben Geschmack, junge Frau. Aber das sieht man ja bereits an Ihrem Kleid.

Danke. Polina lächelte wieder. Es tat gut, dass einer wahrnahm, was sie trug, und ihre Schuhe toll fand. Es war albern, aber ausgesprochen angenehm. Der Kerl hatte auf jeden Fall Manieren. Da konnte sich Hans aber eine Scheibe abschneiden …

Darf ich Sie ein Stück begleiten? Zur Sicherheit, damit Sie gut weiterkommen?

Ich kenne Sie doch gar nicht. Polina fühlte sich unbehaglich. Das ging ihr gerade eindeutig zu schnell.

Entschuldigen Sie. Ich habe mich noch gar nicht vorgestellt.

Mein Name ist Mayer, Martin Mayer. Mit A, Ypsilon, E . Das Einzige an diesem Allerweltsnamen, das was Besonderes ist.

Angenehm. Ich heiße Polina.

Polina – und weiter?

Ach, Polina reicht.

Ah, ich merke, Sie sind gern ein wenig geheimnisvoll. Fremden Männern gegenüber muss man das auch sein. Da haben Sie recht. Aber ich habe keine bösartigen Absichten. Ich wohne hier gleich um die Ecke: Henriettenstraße.

Ich wollte Ihnen nichts unterstellen, antwortete Polina schnell.

Nein, nein, das ist schon in Ordnung. Vorsicht ist die Mutter der Porzellankiste. Und ich finde es sehr angenehm, dass Sie sich einem Mann nicht an den Hals werfen. Das trifft man heutzutage nicht mehr oft.

Polina lächelte und dachte: Hilfe, aus welchem Jahrhundert ist der denn entsprungen? Wenn der wüsste, dass ich genau das vorhatte ... ihn zu finden und ein klein wenig anzumachen.

Martin deutete ihr Lächeln offensichtlich als Zustimmung. Vielleicht treffen wir uns in den nächsten Tagen einmal wieder. Ganz brav verabredet zu einem Kaffee oder Tee?

Polina nickte. Wenn Sie mögen.

Martin erhob sich, verbeugte sich leicht vor ihr und reichte ihr eine Visitenkarte. Hier ist meine Karte.

Unsicher sah Polina auf die Karte und dann zu Martin. Wenn Sie einen Stift haben, dann notiere ich Ihnen meine Handynummer.

Lächelnd zog Martin einen Stift aus der Einstecktasche seines Hemdes. Polina schrieb ihre Handynummer auf die Rückseite einer der Visitenkarten und gab sie Martin zurück.

Dieser verbeugte sich noch einmal. Es war mir eine Ehre, Ihre Bekanntschaft zu machen. Dann ging er Richtung Stadt davon.

Polina griff nach den Schuhen und lief barfuß nach Hause.

III

In der Wohnung warf sie die neuen Schuhe achtlos neben das Schuhregal, ging in ihr Zimmer und zog ihre alte Hose und ein T-Shirt an. Für heute hatte sie absolut genug von der neuen schicken Polina.

Dann ging sie in die Küche und begann zu kochen. Beim Schneiden der Zwiebeln entspannte sie sich etwas. Noch besser ging es ihr, nachdem sie die Möhren geputzt hatte und anfing, sie in kleine Stücke zu hacken. Irgendwann kam Hans nach Hause und erzählte ihr das, was sie selbst vermutete.

Merkwürdig, dachte Polina, als Hans die Küche verlassen hatte. Sonst lagen sie immer meilenweit auseinander in ihren Ahnungen, und nun kam er auf die gleichen Ideen wie sie. War das nun ein gutes oder ein schlechtes Zeichen?

Montag, 6. Juli

I

Kurz nach neun klingelte Polinas Telefon. Sie war gerade dabei, den Kaffee für die Frühstückspause anzusetzen.

Ja?

Hallo, Frau Polina, ich wollte fragen, wie es Ihnen heute geht.

Gut, danke.

Erlauben Ihre Füße heute einen Rundgang auf dem Kaßberg? Wir könnten ja ein wenig über die Höhe laufen und dann in einem der Cafés sitzen und etwas essen und trinken, wenn Sie mögen. Ich würde unser gestriges Gespräch gern fortsetzen.

Ja, klar, das können wir gern tun.

Gut. Das freut mich. Wann hätten Sie Zeit? Ich nehme an, Sie arbeiten?

Ja, ich bin gerade auf Arbeit.

Nun, dann so gegen siebzehn Uhr?

Ja, das wäre mir recht.

Gut, dann schlage ich vor, wir treffen uns an der Ecke Hoffmannstraße.

Ja, gern. Ich werde da sein.

Polina legte auf und schaute irritiert auf das Display. Na, der hatte es aber eilig mit einem Treffen. Andererseits war es natürlich auch gut. So konnte sie vielleicht sehr bald etwas über Katja erfahren.

Sie fragte sich immer wieder, ob man das Unglück nicht hätte verhindern können, ob sie es hätte verhindern können. Aber sie fand keine Antwort.

II

Polina musste sich sehr beeilen, um nicht zu viel zu spät zu kommen. Martin wartete bereits. Er hatte einen kleinen Biedermeierstrauß für sie mitgebracht.

Eine kleine Aufmerksamkeit für eine schöne Frau. – Wohin wollen wir gehen? Vielleicht Richtung Friedhof? Oder doch lieber zum berühmten Majolikahaus in der Barbarossastraße?

Polina zuckte die Achseln und lächelte. Ich gehe nicht so oft durchs Stadtviertel. Ich schließe mich Ihnen an.

Gut, dann gehen wir zum Majolikahaus und können dann vielleicht schauen, ob die Kaßberg-Keller noch geöffnet haben. Dort waren Sie sicher auch noch nicht.

Nein, gab Polina zu, dort war ich auch noch nicht. So etwas macht man doch nur, setzte sie entschuldigend hinzu, wenn man Besuch hat, oder?

Ich finde, man kann so etwas auch kennenlernen, wenn man hier wohnt.

Martin lächelte freundlich. Dann berührte er Polina leicht am Arm und bedeutete ihr zu gehen. Polina folgte seinen dezenten Hinweisen wie ein Kind.

Heute ist der Kaßberg ja der bevölkerungsreichste Stadtteil von Chemnitz, wussten Sie das?

Polina schüttelte den Kopf.

Dabei ist er noch gar nicht so alt. Bis Mitte des 19. Jahrhunderts war der Katzenberg, wie er damals hieß, nur an den Rändern besiedelt. Man dachte, man könne hier nicht bauen. Es gab ein paar Gärten, Lauben, aber kein richtiges festes Haus.

Das wusste ich nicht, sagte Polina.

Ja. Und der erste, der hier baute, war kein Ingenieur oder so, sondern ein einfacher Lehrer. Johann Friedrich Stahlknecht baute 1855 das erste Wohnhaus. Und damit war der Bann gebrochen.

Die meisten Häuser, nun, das sieht man ja, entstanden in der Gründerzeit und in der Zeit des Jugendstils. – Wir biegen hier ab.

Polina folgte seinem Hinweis und ging an seiner Seite durch die Hübschmannstraße, dann durch die Agricolastraße.

In den Jahren 1897 und 1898 errichtete man dann die sogenannten Majolikahäuser. Majolika ist eine Technik, die aus Italien kommt. Es sind Borten aus zinnglasierter Keramik. Sehen Sie, hier. Und er wies Polina auf eines der Häuser hin. Diese Borten zeigen meist abstrakte Ornamente. Ganz selten findet man auch florale Elemente.

Polina kam sich mehr und mehr wie in einer Vorlesung über Baugeschichte vor.

So um das Jahr 1900 herum war die Majolikatechnik sehr beliebt. Kaiser Wilhelm II. zum Beispiel eröffnete 1904 in der Nähe seiner Sommerresidenz eine Majolikawerkstatt. Wer also zeigen wollte, dass er den Kaiser liebte und ihm treu ergeben war, der baute ein solches Haus. Man musste dafür natürlich über ausreichend Geld verfügen. Aber wer damals auf dem Kaßberg baute, der hatte Geld. Und das sieht man den Häusern auch an, nicht wahr?

Polina fühlte sich mehr und mehr erdrückt von so viel Wissen. Sie hätte gern gewusst, wer dieser Mann war. Aber sie kam nicht dazu, ihm Fragen zu stellen. Von ihrem eigentlichen Ziel war sie weit entfernt.

Dieser Herr Stahlknecht hat sein Haus mit dem Sinnspruch *Ich hab's gewagt* versehen und hat für eine Bebauung geworben. Leider steht das Haus heute nicht mehr. Die Werbung fürs Bauen war allerdings sehr erfolgreich. Wohl auch, weil man gern ein paar Meter über der verschmutzten Industrieluft der Jahrhundertwende lebte. Nun ja. Etwas für reiche Leute. Aber in und unter dem Berg ist schon sehr viel früher gebaut worden. Schon im 16. Jahrhundert hat man begonnen, Keller im Berg anzulegen, für Vorräte und natürlich vor allem für Bier. – Ja, gehen Sie einfach geradeaus in die Emil-Rosenow-Straße, dann kommen wir direkt zu den Kellern in der Fabrikstraße.

Wie ferngesteuert folgte Polina den Anweisungen.

Georg Agricola war besonders an den Kellern interessiert. Es heißt ja eine Straße nach ihm. Und er untersuchte das Gestein insgesamt. Im 18. Jahrhundert gab es eine neue Brau- und Schankordnung im Königreich Sachsen, und damit hörte man auf, Lagerbier herzustellen. Nun brauchte man die Keller nicht mehr. Der Berg kam in Verruf. Erst Ende des 19. Jahrhunderts, so um 1870, begann man die Keller wieder zu nutzen. – Ah, wir sind da.

Polina stand vor dem Eingang der Keller. Die Chemnitz war zwar wieder in ihr Bett zurückgekehrt, aber noch immer sah man die Auswirkungen des Hochwassers. An der Kellertür hing ein großes Schild: *Vorübergehend geschlossen*. Polina war unsagbar erleichtert.

Das ist aber schade, sagte Martin. Seit dem Jahr 2000 etwa kann man die Keller wieder besichtigen. Ein Verein hat sich um den Ausbau sehr verdient gemacht. Nun, dann vielleicht ein andermal.

Polina konnte sich nicht vorstellen, dass sie sich noch einmal eine Vorlesung über Chemnitzer Stadtgeschichte antun würde.

Es ist ja auch schon beinahe achtzehn Uhr. Darf ich Sie zu einem kleinen Abendimbiss einladen?

Das ist sehr freundlich. Aber das wird mir heute zu spät. Ich muss ja morgen wieder arbeiten.

Schade. Aber das verstehe ich. Auch ich muss morgen wieder zur Arbeit. Vielleicht tauschen wir die E-Mail-Adressen aus? Dann können wir leichter in Kontakt bleiben.

Polina war sich sicher, dass das keine gute Idee war. Dennoch gab sie Martin ihre Adresse. Sie wusste, es war falsch. Aber sich ihm zu widersetzen hätte sie viel Kraft gekostet. Das gelang ihr nicht.

Martin begleitete Polina noch ein Stück Richtung Weststraße, dann bog er in die Kaßbergstraße ein. Polina ging die wenigen Meter nach Hause, öffnete die Haustür und lehnte sich an die kühle Wand. Was auch immer zwischen ihr und diesem Mann geschah, es war nicht gut.

Dienstag, 7. Juli

I

Polina hatte ihr Handy über Nacht ausgeschaltet. Das machte sie sonst nicht. Aber sie wollte Ruhe haben und nicht am Abend noch mit einer ihrer Freundinnen chatten. Der Wecker klingelte wie immer. Und wie immer erschien es Polina zu früh. Verschlafen griff sie nach dem Handy und machte es an. Dann drehte sie sich noch einmal um. Zehn Minuten konnte sie sich noch leisten.

Doch sie kam nicht zur Ruhe. Unablässig summte das Handy, wieder und wieder. Es musste gestern Abend einen riesigen Stapel an Nachrichten gegeben haben. Neugierig, wer ihr da geschrieben hatte, nahm sie das Handy wieder auf, stützte sich auf einen Arm und prüfte die Benachrichtigungen. Zwei WhatsApp-Nachrichten, eine von Monika und eine von Astrid, drei Werbemails und zwei Mails und eine SMS von Martin. Der Tag gestern musste bei ihm ja eingeschlagen haben.

Ich wusste gar nicht, dass ich so auf einen Mann wirken kann. Wow. Das sollte Hans sich mal anschauen. So macht man das, wenn man eine Frau erobern will.

Dann aber fiel ihr wieder der endlose Monolog zur Geschichte des Kaßbergs ein. Niemand war perfekt, nicht einmal dieser Martin.

Die Nachrichten würde sie irgendwann im Laufe des Tages lesen. Jetzt musste sie erst einmal duschen, sich anziehen, Kaffee trinken und zusehen, dass sie nicht zu spät zur Arbeit kam.

II

Die Praxis war übervoll. Polina kam bis zur Mittagspause kaum zum Durchatmen. Sie hatte sich Salat mitgebracht, Monika fastete gerade und war sehr wenig gesprächig. Neidisch sah sie auf den frischen Salat der Kollegin und trank ihren Heilfastentee.

Ich weiß gar nicht, was du dir abfasten willst, murmelte Polina.

Das verstehst du nicht. Du hattest ja noch nie ernsthafte Probleme mit dem Gewicht.

Stimmt. Aber ob ich mich daran gewöhnen könnte, alle paar Monate zu fasten, nur damit ich paar Kilo verliere... Ich weiß nicht.

Polinas Handy brummte. Es war ein Anruf. Martin. Polina zuckte mit den Schultern und ging aus dem Zimmer auf den Gang im Ärztehaus.

Hallo?

Ja, hier ist Martin.

Hallo, Martin. Nett, dass Sie anrufen.

Ich habe mir Sorgen gemacht.

Sorgen? Aber warum denn?

Haben Sie meine Nachrichten nicht gelesen?

Nein, noch nicht. War heute Morgen etwas müde und spät dran. Dann war viel zu tun. Ich bin noch gar nicht dazu gekommen, in die Nachrichten zu schauen.

Dann bin ich ja beruhigt.

Warum? Mir geht es gut. Es gab doch gar keinen Anlass zur Sorge.

Ja, wissen Sie, ich habe mal jemanden sehr plötzlich verloren. Und seither mache ich mir oft schnell Sorgen.

Also, um mich brauchen Sie sich nicht zu sorgen. Und ich verspreche Ihnen, ich schaue Ihre Mails an, und dann antworte ich Ihnen auch. Klappt aber erst nach der Arbeit.

Gut. Danke. Lassen Sie mich nicht so lange warten. Wir hatten doch gestern einen wunderschönen Nachmittag. Finden Sie nicht?

Doch, es war schön.

Das freut mich. Vielleicht können wir uns dann ja morgen wieder treffen.

Polina atmete tief durch. Sie wollte ihn eigentlich gar nicht wieder treffen. Aber das zu sagen wäre unhöflich gewesen. Ich weiß noch nicht genau, wie es morgen bei mir wird. Ich melde mich. Heute Abend. Okay?

Darauf kann ich mich einlassen. Einen schönen Tag.

Polina beendete das Gespräch. Dieser Mensch war merkwürdig. Einerseits so freundlich und höflich, dass man ihm nichts abschlagen konnte. Und andererseits in dieser Freundlichkeit so brutal zudringlich, dass man nicht mehr wusste, wohin man fliehen sollte. Irgendwie stand man immer mit dem Rücken zu Wand.

III

Liebe Frau Polina,

ich möchte mich noch einmal herzlich bei Ihnen für den wunderschönen Nachmittag bedanken. Es kommt nicht oft vor, dass man zufällig auf der Straße einen Menschen trifft, mit dem man sich so angeregt unterhalten kann, wie es gestern der Fall war. Ich bin dem Schicksal recht dankbar, dass es mir dieses Geschenk vor die Füße gelegt hat.

Ich hoffe, Sie kommen nun gut zur Ruhe und können morgen mit Freude Ihre Arbeit beginnen.

Bei Gelegenheit würde mich sehr interessieren, wie Sie zu Ihrer Arbeit gekommen sind und was Sie daran so erfreut. Die Liebe zur Arbeit, die Freude am Tun und das nötige Wissen, das alles halte ich für unabdingbar, um seinen Beruf mit Liebe und Weitsicht ausführen zu können.

Mit den allerherzlichsten Grüßen und besten Wünschen
Ihr Martin M.

Liebste Frau Polina,

entschuldigen Sie, dass ich mich noch einmal bei Ihnen melde. Ich hoffe, dass ich Sie mit meinen Vorträgen zur Stadtgeschichte nicht gelangweilt habe. Es kommt gelegentlich vor, dass jemand dies als schnöde Besserwisserei abtut. Dies soll es keinesfalls sein. Es ist mir aber eine Anliegen, dass Menschen wissen, wo sie gelandet sind, und dass die alten Geschichten, die einen so schönen Stadtteil wie den unseren ja bis aufs Tiefste geprägt haben, nicht verlorengehen. Und es geschieht so schnell, dass etwas Wertvolles zerbricht und nicht mehr geachtet wird.

Wie oft musste ich leider dies schon erleben. Solch ein Verhalten macht mich immer recht hilflos. Achtsamkeit, gerade im Umgang mit dem, was uns anvertraut ist, halte ich nicht nur für eine Tugend, sondern für eine Lebensgrundlage. Sehr schnell wird in der heutigen Zeit über eine Sache hinweggegangen, wird Wesentliches eben nicht mehr wertgeschätzt, kommen die alten Tugenden gar in Verruf.

Ich denke aber, dass ich Sie schon richtig einschätze und Ihr interessiertes Zuhören nicht fehldeute. Es war mir jedenfalls eine Freude. Dies wollte ich Ihnen nur noch einmal sagen.

Mit meinen allerherzlichsten und tiefstempfundenen Grüßen
Ihr Martin M.

Zu diesem wundervollen Morgen möchte ich Ihnen, liebe, gute Frau Polina, meine herzlichsten Grüße senden. Ich wünsche Ihnen von Herzen einen erfreulichen Tag.

Polina löschte die Mails und die SMS von ihrem Handy. Wenn das die nächsten Tage so weiterging, brauchte sie entweder ein neues Handy mit mehr Speicherplatz oder musste diesem Martin klarmachen, dass sie nicht den ganzen Tag ausschließlich für ihn Zeit hatte. Immerhin gab es noch ein Leben neben und ohne ihn.

Donnerstag, 8. Juli

I

Zweimal im Monat, immer am zweiten und vierten Donnerstag, war die Praxis bis zwanzig Uhr geöffnet. Es gab eine längere Mittagspause für die Schwester, die Dienst hatte. Meist ging Polina dann nach Hause. Manchmal traf sie sich mit einer Freundin in der Innenstadt. An diesem Morgen erhielt sie eine neue SMS von Martin: *Haben Sie Lust auf ein gemeinsames Mittagessen? Habe heute Zeit dafür. Würde mich freuen.*

Wie kam er darauf, dass sie Zeit für ein gemeinsames Mittagessen haben könnte? Hatte sie das gestern gesagt? Sie hatte die verschiedenen Mails mit einer einzigen beantwortet, und die beiden SMS gleich mit. Hatte sie vom langen Tag in der Praxis erzählt? Polina war sich nicht sicher. Vielleicht. Vielleicht hatte sie's auch am Telefon gesagt, als er nach dem Donnerstag gefragt hatte? Möglich war das schon.

Also gut, sie musste ja nicht lügen. Sie hatte Zeit und konnte durchaus mit ihm Mittagessen in der Innenstadt. Was sollte da schon passieren. Da waren Hunderte Menschen um sie herum.

Sie schrieb ihm zurück: *Heute Mittag klappt es gut. Habe meinen langen Arbeitstag in der Praxis und deshalb eine längere Pause am Mittag. 12.30 Uhr, Rathausplatz?*

Sekunden später hatte sie die Antwort: *Fein! Ich freu mich! Gruß Martin*

II

Polina war den Vormittag über sehr unruhig. Immer wieder segelte ein Papier zu Boden, musste Monika sie an etwas erinnern. Die Aussicht auf das Mittagessen mit Martin setzte sie unter Druck. Sie war froh, als die Stunden überstanden waren und sie endlich gehen konnte. Lieber Augen zu und durch, als ungewisses Warten. Sie eilte zum Treffpunkt.

Martin stand bereits am Rathaus. Er strahlte sie an, als wäre sie ein Weihnachtsgeschenk. Wie schön, Frau Polina. Darf ich Ihnen meinen Arm bieten?

Polina zuckte zurück, hakte sich aber dann ein.

Was mögen Sie? Italienisch? Ich kenne einen sehr guten Italiener hier. Oder lieber Hausmannskost?

Ach, ich weiß nicht. Ich wollte nicht groß dinieren. Mir reicht eine Kleinigkeit. Ein Salat oder auch etwas vom Bäcker.

Sie sind natürlich eingeladen, liebste Frau Polina.

Ja, wenn Ihnen das so viel bedeutet ...

Gehen wir zum Italiener.

Beinahe willenlos ließ sich Polina von ihm in ein Restaurant führen.

Martin rückte ihr den Stuhl zurecht. Polina setzte sich.

Dann reichte ihr der Kellner die Karte. Martin bestellte für beide einen leichten Weißwein.

Sie bestellten.

Als der Wein vor ihnen stand, hob Martin feierlich das Glas. Sehr verehrte liebe Frau Polina, darf ich Ihnen das brüderliche Du anbieten? Ich bin gewiss der Ältere von uns beiden.

Polina hätte »Nein« schreien mögen. Aber sie lächelte nur. Wenn Ihnen das so wichtig ist ...

Polina wollte anstoßen, aber Martin schüttelte den Kopf. Sie wissen doch sicher, wie man Brüderschaft trinkt.

Sicher, das wusste sie. Also verhakten sie die Arme, tranken einen Schluck, dann küsste er sie sehr zart auf die Lippen. Polina fühlte sich wie erstarrt. Aber sie schwieg.

Martin bestritt wiederum das Gespräch. Er hielt einen weiteren Vortrag über Stadtgeschichte. Polina fiel es schwer, ihm zuzuhören. Sie fand es beängstigend, was zwischen ihnen geschah, und zugleich konnte sie es nicht erklären. Sie war nicht auf den Mund gefallen und hatte schon einige Männer auf Abstand gehalten. Warum gelang ihr das bei diesem Martin nicht? Warum?

III

Am Abend kam sie müde und geschafft aus der Praxis nach Hause. Das Handy hatte schon mehrfach bedrohlich gesummt. Vermutlich war ihre Mailbox bereits wieder gut gefüllt mit Nachrichten von Martin. Sie wollte nur noch in ihr Zimmer und ihre Ruhe haben.

Als sie die Tür aufschloss, roch es verführerisch nach frischer Pizza. Hans hatte wieder einmal seine absolute Spezialität gemacht. Oh, sie liebte die Pizza, die Hans machte. Aber warum ausgerechnet heute?

Du bist schon da? Hans stand strahlend in der Küchentür. Schön! Wir bekommen heute Besuch.

Wir? Hast du jemanden eingeladen? Ausgerechnet an meinem langen Tag?

Ach, Polinchen, schau, wir bekommen viel zu selten Besuch.

Das sagt der Richtige.

Na ja, heute bin ich mal anders.

So, da bin ich ja gespannt, wer da so Wichtiges kommt.

Polina schlug das Herz bis zum Hals. Lass es keine Frau sein, lass es keine Frau sein ...

Moritz kommt.

Moritz?

Ja, der Marktschreier Moritz.

Und für den kochst du? Polina war irritiert. Ist das dein Coming-out?

Nein, ich, ja, also ... Nein, ich erzähle dir das alles dann. Ruh dich erst einmal aus. Ich hole dich, wenn Moritz da ist.

Polina ging in ihr Zimmer. Wenig später klingelte es. Dann saßen sie gemeinsam in der Küche.

Und Polina wusste: Sie musste ihnen erzählen, was in den letzten Tagen passiert war.

Ruslan, der Held, und Polina

Freitag, 9. Juli

I

Es war eine lange Nacht gewesen. Moritz war nicht mehr ins Quartier gefahren, sondern hatte im Gästezimmer übernachtet. Hans hatte Wein aus dem Keller geholt, und sie hatten auf dem Balkon einen Kriegsrat abgehalten, als hätten sie in den letzten Jahren nichts anderes getan und würden sich schon ewig kennen.

Als der Wecker klingelte, hatte Polina den Eindruck, ein Zug rattere durch ihr Zimmer. Sie war die Einzige, die aufstehen musste. Das Leben war ungerecht.

Im Flur roch es nach Wein, kaltem Rauch und Mann. Warum hat dieser Flur bloß kein Fenster?, fragte sich Polina.

Nach der Dusche ging es ihr etwas besser. Nach dem Kaffee fühlte sie sich in der Lage, bis in die Stadt zu laufen. Und dann würde es vielleicht auch möglich sein zu arbeiten. Zum Glück endete der Dienst am Freitag bereits um dreizehn Uhr.

Die Jungs – von Männern würde sie nach dem letzten Abend nicht mehr sprechen – waren bis dahin hoffentlich auch wach. Es gab genug zu tun, wenn sie mehr über jenen Abend wissen wollten. Und Polina brauchte Unterstützung. Vielleicht konnte sie sich besser abgrenzen, wenn sie vorbereitet zu einem Treffen ging.

Was stört dich eigentlich so, Polina?, frage sie sich. Martin ist anstrengend. Nett auch, aber vor allem anstrengend. Aber es gibt einige Menschen in deinem Leben, die nicht einfach sind. Was ist bei ihm anders?

Ich glaube, beantwortete sie ihre eigene Frage, er zieht mir einfach meine Lebensenergie ab. Er ist wie ein Parasit, setzt sich fest und saugt mich aus. Wenn wir wissen, was geschehen ist, muss ich aus dieser Beziehung raus. Das überlebe ich nicht.

Hä, Polina? Aus der Beziehung raus?, rief sie sich selbst zur Ordnung. Nach den paar Tagen und den wenigen Begegnungen kann man ja wohl kaum von einer Beziehung reden!

Ja, du hast recht, meine Liebe, aber es fühlt sich nun einmal so an, als ob es da eine Beziehung gäbe, als ob ich schon zehn Jahre mit ihm verheiratet wäre und er das Recht hätte, in meinem Leben zu bestimmen. Das ist irre.

Und ja, es entspricht nicht den Tatsachen. Aber es fühlt sich so an.

Ich muss da wieder raus. Ich muss da unbedingt wieder raus. Bloß gut, dass Hans und Moritz da sind. Allein wäre ich verloren. Ich würde das nicht schaffen. Vielleicht würde ich ihn sogar heiraten, nur um eine absurde Art von Schutz zu haben.

Polina rieb sich die Augen. Jetzt gehe ich erst einmal arbeiten, und dann sehen wir weiter.

II

Hans und Moritz recherchierten den ganzen Vormittag. Mit Karte, Internet und Zeitung versuchten sie zu rekonstruieren, wie der Tag verlaufen war. Ihre Erinnerungen waren trügerisch. Obwohl es erst eine Woche her war. Sie stritten manchmal erbittert, wann es genau zu regnen begonnen hatte, wann sie von der Unwetterwarnung gehört hatten. Und am Ende hatten oft beide unrecht.

Die Karte lag auf dem Tisch, daneben die Notizen. Die von Hans waren kaum zu entziffern. Moritz hatte einige zerknüllte Zettel dazugelegt. Es war an der Zeit, die unterschiedlichen Beobachtungen zusammenzutragen.

Hans hatte im Internet eine Seite mit Hochwasserwarnungen für Chemnitz gefunden. Es gab sogar eine Möglichkeit, sich regelmäßig per SMS informieren zu lassen.

Also, erklärte er, hier stehen nicht nur die genauen Pegelstände für die Hochwasserwarnstufen. Man kann auch Karten herunterladen, auf denen die Gefährdungsgebiete eingetragen sind. Warnstufe 1 wird bei einem Pegelstand von 1,80 Meter ausgerufen, ab 2,30 gilt Warnstufe 2, ab 2,80 Warnstufe 3 und ab 3,30 Warnstufe 4. Das Wasser stieg in der Nacht auf über drei Meter. Damit war in der Nacht Warnstufe 4, es fuhren keine Straßenbahnen mehr. Hier – Hans öffnete eine der Karten – die Gegend um die Brücke, an der Katja gefunden wurde, gehört zu den am meisten gefährdeten Gebieten. Es könnte also sein, dass sie gar nicht weit abgetrieben wurde, sondern dort irgendwo den Halt verloren hat. Wenn sie sich dort aufgehalten hat. Es gibt dort einen Fußweg, der in die Stadt hineinführt. Man kann dort an der Chemnitz entlang bis in die Innenstadt laufen. Natürlich nur, wenn der Weg nicht unter Wasser steht. Als ich dort war, konnte man es definitiv nicht. Der Weg war zu. Das muss Polina herausfinden: Wer war dort und wann? Dann können wir das mit unseren anderen Informationen vergleichen.

Und was hilft uns das?

Na ja, wir wissen dann, ob sie dort war. Und vielleicht bekommen wir ja auch heraus, wie sie ins Wasser geraten ist. Im besten Falle erfahren wir auch, ob jemand nachgeholfen hat.

Und das alles soll Martin wissen? Moritz sah Hans zweifelnd an.

Hast du eine bessere Idee?

Nein, derzeit nicht.

Also, dann versuchen wir es eben erst einmal so.

Hans speicherte die Karten in einem eigenen Ordner. Dann suchte er die Bilder heraus, die sie als ihr Beweismaterial betrachteten: Martin auf den Bildern der Stadtverwaltung, Katja im Wasser, das Video, das Hans an der Brücke gemacht hatte, und die Fotos, die Moritz in der Straßenbahn aufgenommen hatte. Es war bereits einiges zusammengekommen. Aber die entscheidenden Informationen fehlten ihnen: Warum war Katja nach Markersdorf gegangen? Und wie war sie ins Wasser geraten?

III

Polina kam pünktlich von der Arbeit nach Hause. Moritz und Hans erwarteten sie bereits. Sie zeigten ihr die Karten und erklärten ihr, was sie von Martin erfragen sollte.

Das ist jetzt deine Aufgabe, Polina. Hans sah Polina in die Augen. Du triffst dich morgen mit Martin, aber bitte erst, wenn ich von meinem Fotoauftrag wieder da bin, ja? Und Moritz, du bleibst bei uns in der Wohnung, ja? Ich möchte nicht, dass Polina allein ist. Ich trau dem Typen nicht.

Also, Jungs, nun macht es nicht gefährlicher, als es ist. Er hat ein Problem, Abstand zu halten. Das ist schon wahr, aber deshalb bin ich doch nicht gleich in Gefahr! Polina versuchte zu lachen. Aber es gelang ihr nicht.

Auch Moritz sah sie ernst an. Du, der hat nicht nur ein Problem, Abstand zu halten. Der ist irgendwie krank. So schnell, wie er sich an dich ranmacht, das ist nicht normal. Nicht für so einen Klugschwätzer, wie du ihn beschreibst. Das sind doch sonst immer die kompletten Umstandskästen. Bis die mal einer Frau ihre Gefühle offenbaren, da bekommt man ja schon Rente. Das ist nicht normal, Polina, echt nicht.

Polina zuckte mit den Schultern. Ich weiß es nicht, Jungs.

Weiter im Text. Hans kehrte zu den Tatsachen zurück. Er wollte nicht mehr über die Gefahr nachdenken, in der Polina vielleicht war. Mit Tatsachen konnte man etwas anfangen. Ich habe meine Bilder durchgeschaut. Es wird ja immer auch die Zeit gespeichert, wann ein Foto aufgenommen wurde. Das Foto an der Brücke habe ich um 17.53 Uhr aufgenommen. Da war Katja aber schon nicht mehr am Leben. Wir haben sie alle mittags an deinem Wagen gesehen. Wann war das?

Moritz schüttelte den Kopf. Keine Ahnung. Später Mittag irgendwie.

Ich bin pünktlich aus der Praxis los. Dann bin ich bis zu den Ständen gelaufen. Das waren sicher keine zehn Minuten. Also, ich denke, das war kurz nach zwei.

Also haben wir eine Zeitspanne von 14.15 Uhr bis etwa 17.30 Uhr. In dieser Zeit ist Katja aus der Stadt in Richtung Markersdorf gegangen, geriet dort ins Wasser, ertrank und wurde an den Pfeiler getrieben.

Ja, das klingt logisch, meinte Polina.

Also ist es deine Aufgabe, Polinchen, herauszubekommen, was dein Martin in dieser Zeit getrieben hat. Hans sah Polina mit großen Augen an.

Der ist nicht mein Martin, fauchte Polina.

Ja, ich weiß, entschuldige.

Ich werde sehen, was ich herausfinde. Einfach wird es jedenfalls nicht. Das ist ein harter Knochen.

Du schaffst das schon, sagte Moritz und klopfte Polina ermutigend auf die Schulter. Und wir passen auf, dass er nicht frech wird.

Samstag, 10. Juli

I

Hans war früh wach und stellte seine Ausrüstung zusammen. Die Hochzeit sollte um dreizehn Uhr beginnen. Die Tage mit Trauungen in den Felsendomen waren immer gut ausgebucht. Er hatte dort nur dreißig Minuten Zeit, um alles aufzubauen. Da war es gut, alles vorher praktisch zu verpacken.

Moritz schlief lange. Auch Polina ließ sich erst kurz vor zehn das erste Mal blicken.

Als Hans alles vorbereitet hatte, ging er zum Bäcker, kochte Kaffee und deckte den Frühstückstisch. Es machte ihm Spaß. Das war eine Seite an sich, die er noch nicht kannte. Es ging beinahe familiär zu.

Als die beiden gegen 10.30 Uhr endlich zum Frühstück erschienen, war Hans schon unruhig. Er wollte noch in Ruhe mit ihnen essen, bevor er arbeiten musste.

Polina staunte über den gedeckten Tisch. Moritz setzte sich, als wäre es sein Stammplatz, wieder auf den Stuhl am Fenster, Polina gegenüber. Hans blieb der Platz in der Mitte. Sie schwatzten und lachten miteinander, bis Polinas Handy klingelte.

Ja, Martin.

Schlagartig war Stille in der Küche.

Ja, ich bin zu Hause. – Nein, Herkommen ist gerade keine gute Idee. Ich bin gerade erst aufgestanden. – Ob ich allein bin? Nein. Mein Mitbewohner ist da. – Kann ich dir nicht sagen. Sicher ist er heute auch mal unterwegs. – Nein, das ist nicht mein Freund. – Du brauchst dir keine Sorgen um mich zu machen. – Ja, dann komm eben heute Nachmittag vorbei.

Hans gestikulierte heftig und malte eine Fünfzehn in die Luft. Polina nickte.

Um drei wäre mir zum Beispiel recht. – Okay. Fein. Dann treffen wir uns um drei zum Kaffee bei mir. Bis dann.

Gut. Bis drei bin ich wieder zurück. Und, Moritz, du gehst hier nicht weg, solange ich nicht da bin. Ist das klar?

Klar, Chef. Moritz hob lächelnd die Hand.

Ich meine das ernst. Mit dem ist nicht zu spaßen!

Polina sah Hans lächelnd an. So konnte er also auch sein. Fürsorglich und liebevoll. Es war ein ganz anderer Hans, als sie ihn bisher kannte. Es war rührend. Am liebsten hätte sie ihn umarmt. Aber vor Moritz war ihr das peinlich. Sie wusste nicht recht warum. Aber Moritz sollte das nicht sehen.

II

Kurz nach elf brach Hans auf. Im Flur umarmte er erst Moritz, dann Polina. Passt bloß auf euch auf, ihr zwei. Und lasst niemanden rein, solange ich nicht da bin.

Du, Hans, wir sind auch schon groß, sagte Polina spöttisch.

Mir ist nicht zum Lachen, Polinchen, wirklich nicht.

Ich weiß. Aber mach dir keine Sorgen. Wir passen schon auf.

Hans nahm Polina noch einmal fest in den Arm und sagte dann: Versprich es mir, dass du vorsichtig bist.

Sanft strich Polina Hans über die Wange. Ich versprech's.

Als Hans gegangen war, räumten Polina und Moritz die Küche auf. Die Sonne schien, und eine angenehme sommerliche Wärme strömte durch die offene Balkontür.

Moritz setzte sich auf den Balkon und rauchte. Er war entspannt und träge. Jetzt hätte er noch eine Runde schlafen können. Ja, warum eigentlich nicht?

Polina, rief er in den Flur, ich leg mich noch mal hin. Wenn was ist, weckst du mich, okay? Ich habe einen ziemlich festen Schlaf.

Okay, antwortete Polina, ist ja noch ewig Zeit bis um drei. Mach nur.

Moritz verschwand im Gästezimmer. Polina ging ins Bad und räumte die Wäsche in die Waschmaschine. Sie dachte an Hans, spürte noch einmal seiner Umarmung nach. Irgendetwas war gerade dabei, sich zwischen ihnen zu ändern. Und es fühlte sich gut an.

Auf einmal schien es ihr, als wäre sie nicht mehr allein. Es war, als höre sie ein leises kratzendes Geräusch. Polina ging zur Wohnungstür. Da war nichts. Sie drehte sich um und wollte ins Bad zurückkehren, da hörte sie es wieder. Jemand kratzte an der Wohnungstür.

Polina ging zur Tür zurück und öffnete sie einen Spalt. Da stand Martin, hatte die Hand erhoben und wollte gerade wieder am Holz kratzen.

Du bist ja da.

Ja, klar.

Schön. Ich wusste nicht, ob du vielleicht schläfst.

Nein, ich wollte gerade Wäsche ansetzen.

Darf ich reinkommen?

Na ja, eigentlich waren wir doch um drei verabredet.

Ja, ich weiß. Aber ich dachte, vielleicht bist du ja da. Und vielleicht hast du Zeit. Passt es dir jetzt? Oder hast du Besuch?

Ich? Nein, ich habe keine Besuch, stammelte Polina.

Fein, dann kann ich ja reinkommen. Und plötzlich stand Martin mitten im Flur. Hübsch hast du's hier. Da ist dein Zimmer? Er wies auf Polinas offene Zimmertür und ging ohne zu zögern in ihr Zimmer.

Ja, das ist, also ... Polina schluckte. Das ist mein Zimmer.

Aber eigentlich gehe da nur ich rein. Gäste empfangen wir immer in der Küche.

Ach, antwortete Martin. Ich bin doch nicht irgendein Gast. Ich bin doch Martin, der Martin, mit dem du Brüderschaft getrunken hast.

Polina folgte Martin in ihr Zimmer. Ihr Reich, das Hans nie betreten durfte.

Ja, klar. Aber ...

Aber was? Ich habe dich geküsst. Und sag nicht, es sei dir unangenehm gewesen. Ich habe gemerkt, dass es dir nicht unangenehm war. Und so jemanden kann man doch in sein Zimmer lassen, oder nicht?

Ich, ich ... Weiter kam Polina nicht.

Martin hatte blitzschnell die Zimmertür hinter ihr geschlossen und drehte den Schlüssel um.

Siehst du, sagte er freundlich, ist doch alles gar nicht schlimm, oder?

Polina atmete aus, atmete ein. Und doch hatte sie das Gefühl, keine Luft mehr zu bekommen.

Martin lächelte sie an. Setzen wir uns doch. Du hast es wirklich gemütlich. Er setzte sich auf ihr Bett und klopfte auffordernd auf den Platz neben sich.

Polina setzte sich in den Sessel. Sie wusste nicht, was sie tun, worüber sie reden sollte. Martin saß auf ihrem Bett und sah sie an, und sie fühlte sich nackt und bloß. Zugleich war sie unfähig, sich zu rühren oder zu schreien. Es war, als ob ihr Körper nicht mehr wirklich zu ihr gehörte.

Martin lächelte sie noch immer an, dann ließ er sich auf die Knie sinken und robbte zu ihr.

Schrei, sagte es in Polinas Kopf, schrei. Aber sie schrie nicht. Sie sah nur zu, wie er auf sie zurobbte, wie er ihre Knie umfasste, seinen Kopf in ihren Schoß legte.

Polina, flüsterte er, du bist wunderbar. Und er streichelte ihre Beine, immer höher, berührte ihre Brüste, ihren Hals.

In diesem Augenblick begann Polina zu schreien. Sie schrie und schrie und schrie.

Martin taumelte zurück.

Sekunden später polterte es im Flur. Moritz war offensichtlich aufgewacht. Er rüttelte an der Türklinke, und als sich die Tür nicht öffnen ließ, warf er sich dagegen. Mit einem Krachen gab die alte Holztür nach. Wie Rambo warf sich Moritz auf Martin, der noch immer am Boden kniete. Sekunden später jammerte Martin. Moritz hatte ihm den Arm auf den Rücken gedreht.

Hol einen Strick, Polina, schnell.

Polina verstummte. Starrte auf die Szene vor sich. Endlich begriff sie und rannte in die Küche, kam wenig später mit einer Wäscheleine zurück. Moritz fesselte Martin. Dann lehnte er ihn an das Bett, setzte sich aufatmend daneben. Polina setzte sich wieder in den Sessel und sah erst Martin, dann Moritz an. Dann löste sich die Anspannung, und sie begann zu weinen.

III

Warum hast du ihn reingelassen?, fragte Moritz nach einer Zeit.

Ich weiß nicht. Er stand auf einmal im Flur.

Martin begann zu lachen. Du wolltest das doch. Du wolltest doch, dass ich komme. Du wolltest doch mit mir zusammen sein. Wen hast du denn gesucht, als du mit deinem superschicken Kleid auf die Pirsch gegangen bist? Doch mich, oder?

Polina sah ihn an. Aber ich wollte das doch nicht so. Ich wollte nur wissen, was mit Katja geschehen ist.

Aber das weißt du doch, sagte Martin. Gerade du weißt das doch ganz genau.

Du? Moritz sah Polina an. Du weißt es?

Polina rang die Hände. Ich weiß, was ich gesehen habe. Aber zugleich weiß ich nichts.

Du? Du hast etwas gesehen? Und das hast du uns nicht gesagt? Moritz schaute Polina entsetzt an. War das noch dieselbe Frau, die mit ihnen gestern Abend auf dem Balkon gesessen hatte? Die Frau, die ihnen eine abstruse Geschichte über diesen Martin erzählt hatte? Konnte man ihr trauen?

Komm, sag es ihm, sag ihm endlich, dass du dabei warst. Sag's ihm. Du hast sie in den Tod getrieben. Du warst das! Wenn du nicht dort gestanden hättest, auf einmal. Sie wäre zu mir zurückgekehrt, sie wäre aus dem Wasser gekommen. Sie hätte mich um Vergebung gebeten. Aber du hast alles kaputtgemacht.

Niemals. Niemals wäre sie zu dir zurückgekommen. Ich weiß, was ich gesehen habe. Ich habe eine Frau gesehen, die lieber stirbt, als weiterhin Angst zu haben.

Polina schloss die Augen und begann zu erzählen:

Es regnete. Hans wollte noch fotografieren gehen. Ich habe nach Hans die Wohnung verlassen und wollte mit dieser Katja reden. Ich musste wissen, ob da etwas war zwischen ihr und Hans. Ich hielt diese Ungewissheit nicht mehr aus. Wie er ihr nachgesehen hat an deinem Wagen, Moritz. So sah er mir nie nach. Es musste ein für alle Mal entschieden werden, was da war.

Diese Katja wohnte in der Henriettenstraße. Ich habe sie einmal dort in ein Haus gehen sehen. Bei diesem Wetter war sie sicher zu Hause. Also bin ich in die Henriettenstraße gegangen.

Da kam sie gerade aus dem Haus. Sie wirkte verstört. Manchmal sah sie sich um. Ich stand im Regen und sah sie weggehen. Da bin ich ihr nachgegangen. Ich hielt Abstand. Aber ich achtete immer darauf, wohin sie ging. Sie lief und lief und lief. Mir schien, als wäre es ihr egal wohin. Nur weg.

Wir sind vielleicht eine Stunde so unterwegs gewesen, vielleicht auch zwei. Ich weiß es nicht mehr. Ich wollte nur wissen, wo sie hinwill. An einer Haltestelle setzte sie sich plötzlich entkräftet in ein Wartehäuschen. Das muss schon in Markersdorf gewesen sein, ganz in der Nähe der Brücke. Ich wollte gerade zu ihr gehen, sie fragen, ob ich ihr helfen kann, da hielt dort die Straßenbahn. Und dann war er da. Und ich dachte, jetzt ist sie in Sicherheit. Und jetzt weiß ich ja auch, dass sie einen Freund hat. Da kann es mit Hans nichts Ernstes sein. Ich fand mich auf einmal dumm und albern und kindisch eifersüchtig.

Ich wollte mit dem Bus zurückfahren, da sah ich, wie sie den Mann ... wie sie dich, Martin, so entsetzt und voller Angst anstarrte. Und da bin ich euch gefolgt.

Sie rannte wie besessen die Markersdorfer hinunter, und dann bog sie zum Stadtpark ab. Aber da war schon das Wasser. Und das Wasser stieg.

Katja ging immer weiter. Dann drehte sie sich um. Ich stand am Rand des Weges. Dort, wo das Wasser begann, standest du, Martin.

Der Sog muss immer stärker geworden sein. Und du hättest sie retten können. Du hättest sie rausholen können, Martin. Aber du standest einfach nur da und hast sie angestarrt.

Und dann war sie verschwunden. Sie war einfach weg. Ich wollte hinlaufen. Ich wollte etwas tun. Aber sie war weg. Und ich habe versagt. Ich hätte sie retten können. Ich bin schuld an ihrem Tod. Du wolltest sie ja gar nicht retten, Martin. Du wolltest nur, dass sie dir gehorcht.

So ist es, Fräulein Polina, so ist es. Sie hätte nur einen Schritt machen müssen. Nur einen Schritt. Ich hätte sie sofort aus dem Wasser gezogen. Sofort. Das wusste sie auch. Wenn sie mich um Vergebung gebeten hätte dafür, dass sie einfach ohne ein Wort weggerannt ist. Dann hätte ich ihr auch geholfen. Aber so geht das doch nicht. Sie kann doch nicht einfach unsere gemeinsame

Zukunft zerstören und wegrennen. Erst gaukelt sie mir vor, dass sie mich liebt. Und dann behauptet sie, sie liebe mich nicht mehr. Erst lässt sie sich von mir zum Essen einladen und küssen und all das. Und dann will sie von all dem nichts mehr wissen. So kann man das doch nicht machen. So geht das einfach nicht. Ich hätte ihr vergeben. Wirklich, ich hätte ihr vergeben. Aber so nicht. So nicht. Da muss sie selbst sehen, wie sie zurechtkommt.

Moritz hatte schweigend zugehört. Er stand auf und setzte sich auf die Sesselkante und legte Polina den Arm um die Schultern.

Mädel, was für eine Scheiße. Und warum hast du uns das nicht gestern schon erzählt?

Hans ... Und dann zuzugeben, dass ich Schuld habe, schuld bin an Katjas Tod. Das ist alles so schwer.

Schuld ist ein großes Wort, sagte Moritz. Schwieg dann aber.

Lange saßen sie stumm da.

IV

Hans fiel es schwer, sich auf die Arbeit zu konzentrieren. Immer wieder dachte er an Polina, an Moritz. Hoffentlich ging das alles gut. Was, wenn Martin früher kam und er noch nicht zurück war? Was, wenn er vielleicht bewaffnet in die Wohnung stürmte und Polina etwas antat? Er würde es sich nie verzeihen, nie, dass er sie jetzt allein gelassen hatte. Ausgerechnet jetzt!

Das Brautpaar strahlte, die Musik passte wunderbar in diesen Raum. Die Gesellschaft hatte sich ebenso auf diese Feier eingestellt und war passend gekleidet. Es hätten tolle Fotos werden können, passende Aufnahmen, wenn Hans nur ein wenig konzentrierter gewesen wäre. So versuchte er, ein paar professionelle Einstellungen zu finden. Er hatte heute keinen Blick für das Außergewöhnliche, keinen Instinkt für den Moment. Dabei gab es unzählige wunderbare Momente. Aber Hans wollte nur eins: diesen Job hinter sich bringen und nach Hause fahren. Polina in die Arme schließen und für die nächsten Stunden nicht wieder loslassen.

Aber erst nach vierzehn Uhr saß er im Bus. Das Herz schlug ihm bis zum Hals. Immer wieder versuchte er, Polina anzurufen, schickte Moritz eine Nachricht. Aber er erhielt keine Antwort.

V

Als er die Wohnung betrat, war Hans sofort klar, dass etwas nicht stimmte. Es war zu ruhig. Dann sah er, dass Polinas Tür eingeschlagen war. Er ließ seine Taschen fallen und rannte die wenigen Schritte bis in Polinas Zimmer. Dort saßen sie. Martin, der Kontrolleur, gefesselt und ans Bett gelehnt, Polina mit dem Rücken zur Tür in ihrem Sessel. Moritz auf der Sesselkante, den Arm um Polina gelegt. Ein absurdes Standbild.

Für einen Moment wusste Hans nicht, was er sagen oder tun sollte. Dann lief er zu Moritz und schlug auf seinen Rücken ein. Ich hatte dir gesagt, du sollst auf sie aufpassen. Ich hatte es dir gesagt.

Moritz sprang auf, hielt Hans' Faust fest und starrte ihn wütend an. Dann ließ er die Hand los. Du hast keine Ahnung, Junge, was hier los war.

Ich glaube, wir sollten die Polizei holen, flüsterte Polina.

Das glaube ich auch, stimmte ihr Moritz zu und zückte das Handy.

VI

Stundenlang war die Polizei in der Wohnung gewesen. Sie hatten Martin abgeführt und die drei anderen vernommen. Immer wieder waren sie nach dem Tathergang befragt worden, hatten erklären müssen, wie Martin in die Wohnung gekommen war, warum er ausgerechnet zu Polina wollte. Immer wieder waren die gleichen Fragen gestellt worden.

Am Abend waren sie erschöpft in die Betten gesunken. Hans hatte seine Matratze in Polinas Zimmer geschleppt. Du schläfst heute nicht allein. Ich pass auf dich auf, sagte er. Ich pass jetzt immer auf dich auf.

Polina lächelte ein bisschen, als er das sagte. Ein kleines bisschen. Aber das genügte Hans. Wenn er ihr nur mehr erzählt hätte. Wenn sie gewusst hätte, wie alles zusammenhing, dann wäre sie gar nicht zu Katja gelaufen. Dann müsste sie sich nicht schuldig fühlen.

Allerdings, so musste er vor sich selbst zugeben, wüssten sie dann noch immer nicht, was an jenem Abend in Markersdorf geschehen war. Und der Kontrolleur würde sich vielleicht wieder das Vertrauen eines Mädchens erschleichen. Wieder und wieder. Es war schon so mehr als genug geschehen.

Sonntag, 11. Juli

I

Während des Frühstücks war es an diesem Morgen sehr still. Jeder war mit den eigenen Gedanken beschäftigt.

Irgendwann sagte Polina: Sie hätte doch einen Notruf absetzen können. Schon als er sie bedroht hat. Nicht erst unten in der Markersdorfer. Ich verstehe das nicht.

Da hat Polina recht, meinte Hans. Warum hat sie sich keine Hilfe geholt? Mit dem Handy war sie doch flexibel. Du hättest auch anrufen können, Polinchen.

Ich hatte gar kein Handy dabei.

Katja hätte auch niemanden anrufen können, sagte Moritz.

Warum?, fragten Polina und Hans gleichzeitig.

Ich saß etwa zu dieser Zeit in der Bahn. Ich habe mich gewundert, dass kaum einer der Jugendlichen sein Handy in der Hand hatte. Dann habe ich auf mein eigenes gesehen und festgestellt: Es gab kein Netz. Deshalb konnte Katja auch keine Hilfe holen. Sie hätte niemanden erreicht, selbst wenn sie's versucht hätte.

Das kannst du nicht zu hundert Prozent wissen. Dass dein Anbieter keine Verbindung hatte, heißt noch nicht, dass keiner eine Verbindung hatte.

Aber wenn die meisten Jugendlichen nicht chatten konnten, offensichtlich, dann betraf es ja wohl mehr als einen Anbieter.

Stimmt, sagte Polina.

Also war sie wirklich auf sich gestellt.

Und auf ihn. Und auf mich. Und keiner hat geholfen. Polina liefen wieder die Tränen über die Wangen.

Hans und Moritz schwiegen. Was hätten sie zu ihr sagen sollen? Dass alles nicht so schlimm war? Dass sie froh waren, dass sie nicht mit Katja gemeinsam ertrunken war? Dass sie gegen Martin vermutlich nicht angekommen wäre? All das war wahr. Und doch tröstete es nicht.

Irgendwann würde es eine Verhandlung geben. Irgendwann würden sie wissen, ob Polina im juristischen Sinn schuldig war.

Aber für sie war das egal. Sie musste mit dem Gefühl leben lernen, dieses Sterben gesehen und es nicht verhindert zu haben. Dabei konnten sie ihr nicht helfen. Sie konnten nur bei ihr bleiben.

II

Am Nachmittag holte Moritz seine Sachen aus dem Zimmer in Markersdorf. Er würde die restlichen Urlaubstage bei Hans und Polina wohnen.

Hans hatte sich in der Küche verschanzt und versprochen, sie am Abend zu verköstigen. Ich braue etwas ganz Besonderes, versprach er.

Du wirst noch zum Hausmann, spottete Moritz.

Polina war sehr müde und schlief an diesem Tag viel. Die beiden Männer ließen sie in Ruhe. Dafür war sie ihnen dankbar. Es war ein stiller Tag.

III

Am Abend klingelte es. Vor der Tür stand Frau Mrawitz. Hans führte sie in die Küche und stellte sie vor. Polina erstarrte.

Entschuldigen Sie die Störung. Die Polizei war bei mir. Sie hat Fragen gestellt. Neue Fragen und alte Fragen. Und da Sie, lieber Herr Hans, bei mir waren und so freundlich waren, sich nach meiner Tochter zu erkundigen, da dachte ich, das habe ich wohl Ihnen zu verdanken, dass sie den Fall noch einmal untersuchen.

Setzen Sie sich doch. Moritz sprang auf und bot Frau Mrawitz seinen Platz an.

Es ist eine lange Geschichte, sagte Hans. Und ich weiß nicht, ob Ihnen alles gefallen wird.

Wissen Sie, junger Mann, ich habe meine Tochter verloren. Und es gibt einen Mann, der sie in den Tod getrieben hat. So kann man das ja wohl nennen. Das ist keine schöne Geschichte. Aber alles, was mir hilft zu verstehen, was da geschehen ist, macht es weniger sinnlos. Dann kann ich vielleicht irgendwann damit leben lernen.

Hans holte sich vom Balkon einen Stuhl, Moritz setzte sich neben Hans. Und dann erzählten sie.

Epilog

30. Juli

Polina war allein auf den Friedhof gefahren. Hans und Moritz hatten sie begleiten wollen. Aber sie hatte das konsequent abgelehnt. Sie wollte allein sein.

Als sie nach Hause kam, warteten die beiden ungeduldig auf sie.

Du warst lange weg, sagte Hans.

Ich habe die Zeit gebraucht, antwortete Polina.

Aber du hättest uns mitnehmen sollen, dann wäre es leichter gewesen.

Wäre es nicht.

Wäre es doch.

Hans, lass gut sein, unterbrach Polina. Sonst streiten wir wieder ... Und heute möchte ich mich wirklich nicht streiten.

Die drei schwiegen.

Wir hatten wirklich Glück, meinte Moritz.

Wir *hatten* nicht nur, antwortete Polina, wir haben! Sie hakte sich bei Moritz und Hans ein und zog sie Richtung Küche. Und jetzt, ihr Lieben, koche ich uns etwas Schönes ...

Pizza ... Moritz strahlte. Aber so gut wie Hans musst du sie machen.

Nein, diesmal gibt es Lasagne. Du konntest das letzte Mal entscheiden, sagte Hans.

Ich glaube, meinte Polina, ihr Männer verlasst das Alter von fünf Jahren nie. Und heute entscheide ich. Lasst euch überraschen!

Dank

an meine Begleiter auf diesem Weg:
Hiltrud Anacker, Marion Gustrau, Ina Wendorf, Fabian Haas und Henner Kotte

MÖRDERISCHER OSTEN

Peter Brauckmann
Liebesgrüße aus Meißen
Ein Sachsen-Krimi

192 Seiten, Broschur

ISBN 978-3-95958-019-9 | 9,99 €

Steffen Schroeder fristet sein Dasein als Privatdetektiv in Meißen – ruhige Kugel. Als aber über verschlungene Wege die Frau des Oberbürgermeisters zu seiner Klientin wird, stößt er zuerst auf eine Ladung Crystal Meth, dann auf dubiose Sexabenteuer ihres honorigen Gatten im nahen tschechischen Ústí, die augenscheinlich auch noch mit organisiertem Drogenschmuggel einhergehen ...

www.bild-und-heimat.de

BILD UND HEIMAT